D1694139

Mark Brandis
Pilgrim 2000

Weltraumpartisanen
Band 16

Mark Brandis

Pilgrim 2000

Hölle im Weltraum

Herder Freiburg · Basel · Wien

DRITTE AUFLAGE

Schutzumschlag und Illustration: Robert André

Herstellung: Freiburger Graphische Betriebe 1980
ISBN 3-451-18047-2

Auszug aus dem Lehrbuch „Geschichte der Astronautik" *von Charles Herman Baldwin, VEGA-Verlag, Metropolis, neu aufgelegt im Jahre 2080.*

Zu den raumtechnischen Experimenten der Frühzeit, die zu keiner praktischen Weiterentwicklung führten und darum nur Episodencharakter haben, gehört auch dies: Im Jahr 1991 verließ ein Raumschiff besonderer Art die Umlaufbahn der Erde, kehrte aber nie wieder zurück. Es geschah auf dem Höhepunkt des weltumspannenden kriegerischen Konfliktes, dem man später die Sammelbezeichnung III. Weltkrieg gab.

Das Schiff – getauft auf den Namen PILGRIM 2000 – war für damalige Verhältnisse mit 52 km Länge und einem Durchmesser von 9,4 km ein technisches Wunderwerk. In der Erdumlaufbahn montiert, vornehmlich aus Materialien zusammengestellt, wie sie der Mond liefert, war es ursprünglich als Demonstrationsobjekt für den möglichen Auszug des Menschen in den Weltraum gedacht. Als nun der Ausbruch des III. Weltkrieges die

Pläne vereitelte, entschieden sich die Konstrukteure, um einer drohenden Vernichtung des Schiffes vorzubeugen, zu einem überstürzten Start.
Am 21. März 1991 verließ die PILGRIM 2000 – an Bord rund 25 000 Menschen, vornehmlich gläubige Christen, die sich auf diese Weise dem Kriegsdienst entzogen – die Umlaufbahn des blutenden Planeten Erde, um, so die letzte Botschaft, „unter den Sternen eine bessere und friedvollere Gesellschaft aufzubauen, eine Gesellschaft der Brüderlichkeit und der Nächstenliebe".
Seitdem ist die PILGRIM 2000 nie wieder aufgetaucht. Alle Vermutungen über ihren möglichen Verbleib oder Untergang haben sich bislang als nicht stichhaltig herausgestellt. Ihr spurloses Verschwinden in der Unendlichkeit des Raumes zählt darum nach wie vor zu den ungelösten Rätseln.

1.

Auf den Fall, mit dem ich es hier zu tun hatte, war ich nicht vorbereitet. Ein Lehrgang in Erster Hilfe und ein weiterer Lehrgang in allgemeiner Raummedizin hatten nicht ausgereicht, um aus mir einen Arzt zu machen. Was für meine Diagnose und die daraus abgeleitete Behandlung sprach, war die Tatsache, daß ich an den gleichen Symptomen litt wie die übrigen Mitglieder meiner Besatzung. Nach wie vor kostete es mich Schmerzen und nahezu übermenschliche Überwindung, meine verbrannten Augen auf einen Punkt zu konzentrieren. Jedesmal, wenn ich sie dem Licht der Leuchtröhre aussetzte, von der Lieutenant Levy angestrahlt war, stach es mich wie mit glühenden Nadeln ins Gehirn.
Auch Lieutenant Levy litt. Er hatte die Lippen aufeinandergepreßt, und der Schweiß rann ihm in wahren Sturzbächen über das schmale, verschlossene, stets abweisend-kühle Gesicht, das so wenig von dem preisgab, was in seinem nüchternen Personalakt verzeichnet stand: *Israel Levy, geb. 18.1.2050 in Jerusalem, Israel, Haut-*

farbe weiß. Ausbildung zum Nachrichtentechniker auf der VEGA-Schule für Raumfahrt in Beirut, im VEGA-Center und auf der Fachschule für extraterrestrische Kommunikation zu Metropolis. Anmerkung: Levy ist der einzige Überlebende der Madison-Expedition. Er wurde nach 37 Tagen Raumnot mehr tot als lebendig geborgen, lehnte jedoch den ihm zustehenden Anspruch auf vorzeitige ehrenvolle Pensionierung ab.

Als es darum gegangen war, die Besatzung der *Kronos* zu vervollständigen, die bis auf den Funkoffizier durchweg aus jenen Männern bestand, die schon auf der *Medusa* unter meinem Kommando geflogen waren, hatte ich bei der VEGA meinen ganzen Einfluß aufbieten müssen, um Levy zugeteilt zu bekommen. Der Ruf, der sich mit seinem Namen verband, war der eines hervorragenden Kommunikators. Aber was half das jetzt?

Seit ein paar Wochen war Lieutenant Levy trotz seines Rufes nicht weniger hilflos wie jeder andere an seiner Stelle: Die *Kronos* war ein von allen funkischen Verbindungen abgeschnittenes Schiff, verschlagen in ein Raumgebiet, in das sich meines Wissens nie zuvor ein anderes bemanntes Schiff verirrt hatte. Durch den Augenspiegel blickte ich in Lieutenant Levys Augen. Sie waren nach wie vor entzündet und vereitert, doch zum ersten Mal seit der Katastrophe blickten sie klar und wach.

„Wie fühlen Sie sich, Lieutenant?“

Lieutenant Levys Miene blieb ausdruckslos – das beherrschte Gesicht eines Mannes, der durch eine harte Schule gegangen war.

„Ich halt's aus, Sir.“

„Schmerzen?“

„Nur wenn ich gegen das Licht blicke.“

Ich ließ eine Zahlenkolonne aufleuchten.
„Na, dann versuchen Sie mal zu lesen!“
Lieutenant Levy kniff die Augen zusammen. Seine Miene nahm den Ausdruck höchster Konzentration an. Ich ahnte, was in ihm vorging. Noch vor wenigen Tagen hatte er nicht einmal Hell und Dunkel voneinander unterscheiden können. Von uns allen an Bord der *Kronos* war er derjenige, der am übelsten zugerichtet worden war.
„Es könnte ein Datum sein, Sir.“
„Richtig. Und nun versuchen Sie es zu entziffern.“
Lieutenant Levy legte eine Hand vor die Augen.
„Ich kann nicht, Sir.“
„O doch, Lieutenant, Sie können. Glauben Sie mir – ich habe das gleiche durchgemacht. Also?“
Lieutenant Levy ließ die Hand sinken.
„Das Datum ist: Fünf – vier – zwanzigachtzig...“
Lieutenant Levy schloß die Augen und wandte sich ab: erschöpft und zugleich von einem starken Gefühl überwältigt. Ich legte ihm eine Hand auf die Schulter.
„So ist es, Lieutenant. Wir haben heute den fünften April des Jahres Zweitausendundachtzig. Und wenn Sie jetzt noch eine Woche verstreichen lassen, dann werden Sie wieder sehen und lesen können wie in alten Zeiten. Der Sehnerv ist unbeschädigt.“
Der Lieutenant stand auf. „Danke, Sir. Haben Sie Befehle?“
Ich überlegte und traf meine Entscheidung. Die Funkkabine besetzt zu halten war unter den gegenwärtigen Umständen überflüssig. Die unterbrochene Verbindung zur Erde oder zu Venus oder Uranus beziehungsweise zu einem der Satelliten ließ sich erst wieder herstellen, sobald

ich die *Kronos* um die Sonnenachse herumgeführt haben würde – und das brauchte seine Zeit. Iwan Stroganow, der grauhaarige, erfahrene Navigator, rechnete mit mindestens vierzig Tagen: „... über den Daumen gepeilt, Sir. Ein genaues Besteck läßt sich vorerst nicht nehmen."
Sinnlos, darüber nachzudenken, welche wilden Gerüchte über den Verbleib des wohl teuersten Schiffes, das je die Erde verlassen hatte, in den wohlklimatisierten Räumen von VEGA-Metropolis umgehen mochten.
„Gönnen Sie sich ein paar Tage Ruhe, Lieutenant. Vorerst bleiben Sie vom Dienst suspendiert."
„Aye, aye, Sir."
Gerade als Lieutenant Levy sich anschickte, das Hospital zu verlassen, wurde der Lautsprecher über der Tür lebendig.
„RC an Commander ... Sir, wir haben einen Kontakt."
Für die Dauer eines Herzschlages war ich überrascht. Die *Kronos* befand sich in entlegensten Himmelsräumen. Mit einer Begegnung war in keiner Weise zu rechnen gewesen.
Ich sah, daß Lieutenant Levy unter der Tür stehenblieb, dann drückte ich die Sprechtaste.
„Roger, RC. Frage: Ist der Kontakt schon identifiziert?"
„Nein, Sir", erwiderte die kühle, geschäftsmäßige Stimme von Lieutenant Simopulos. „Es scheint sich jedoch um ein größeres Objekt auf der Sonnenumlaufbahn zu handeln, aber allem Anschein nach ist es kein Q.R.O."
Meine Verwirrung wuchs. Mit einem Q.R.O. – einem *quick running object,* mithin mit einem Asteroiden oder Kleinstplanetoiden – hätte dieser Kontakt eine natürliche Erklärung gefunden. Von diesen Objekten schwirr-

ten mehr im Raum umher, als es der Wissenschaft bekannt war. Und zumal hier, auf der erdabgewandten Sonnenseite, konnten sie für immer und ewig ihre Bahn ziehen, ohne daß sie von einem Radioteleskop entdeckt wurden.

„Und Ihre Vermutung, Lieutenant?"

„Ich bin mir nicht sicher, Sir. Aber ich schließe nicht aus, daß wir es mit einem Schiff zu tun haben. Allerdings ..."

„Ja?"

„... allerdings spricht dagegen die außergewöhnliche Größe des Objektes, Sir."

„Roger, RC. Ich kommte auf die Brücke und seh mir den Spaß an."

„Danke, Sir. Genau darum wollte ich Sie bitten."

Der Grieche Konstantin Simopoulos mit den schwermütigen Augen und den schlanken, wohlgeformten Händen war ein Meister seines Fachs. Wo andere, mich eingeschlossen, nichts anderes als einen simplen Lichtpunkt sahen, der auf einem der Monitore glomm, wußte er im allgemeinen bereits den Schiffstyp und oft genug sogar den Schiffsnamen zu bestimmen. Zum ersten Mal erlebte ich, daß er ratlos war.

Ich warf Lieutenant Levy, der noch immer zwischen Tür und Angel stand, einen raschen Blick zu.

„Sieht so aus, als würde ich Sie dennoch brauchen."

Lieutenant Levy setzte sich eine dunkle Brille auf.

„Ist mir klar, Sir."

Ich verließ das Hospital und eilte auf die Brücke.

In den Räumen der *Kronos* war nur das Summen der Aggregate zu hören. Niemand sprach. Der Anblick, der sich unseren schmerzenden, tränenden, vom Licht gepeinig-

ten Augen bot, war ebenso unwirklich wie überwältigend.
Mitten in der vollkommenen Wüste war die *Kronos* auf eine Oase gestoßen – auf einen Himmelskörper mit spiegelnden, sanften Gewässern, mit grünenden Wäldern und lieblichen Wiesen. Ein Planet von der funkelnden Farbigkeit und der Schönheit der Erde schien unter uns seine Bahn zu ziehen, ein blauer Diamant auf dem schwarzen Samt der Unendlichkeit. Ungewöhnlich war allenfalls seine torpedoähnliche Form.
Nie zuvor hatte ich ähnliches gesehen. Ich versuchte die einander widerstrebenden Eindrücke zu einem sinnvollen Bild zusammenzusetzen.
Ich sah – auf einer Umlaufbahn um die Sonne – eine erdähnliche, ja nahezu erdgleiche Formation, und das bedeutete, daß ich es mit einem unbekannten lebenden Planeten kleineren Ausmaßes zu tun hatte. Und dieser Planet war besiedelt. Die Teleskope, die ihn von vorn bis hinten und von hinten bis vorn abtasteten, rückten die Einzelheiten in fast greifbare Nähe. Ich erkannte Häuser, Siedlungen, ganze Städte, dazwischen Fabriken und technische Anlagen. Und hier und da glaubte ich sogar eine Bewegung wahrzunehmen – wenngleich ich mich auf meine Augen noch immer nicht völlig verlassen konnte, so daß ich fürchten mußte, daß sie mir im Zustande der Überanstrengung einen Streich spielten.
Andererseits handelte es sich bei diesem Objekt eindeutig um ein künstliches Gebilde, um eine höchst sinnfällige technische Konstruktion, in der Erfindergeist und handwerkliches Können zusammenflossen. Der Leib war walzenförmig; die Landschaften und Siedlungen, aus denen er sich zusammensetzte, waren durch lichtdurchlässige

Wände gegen die schädlichen direkten Strahlen der Sonne hermetisch abgeschirmt. Das Objekt verfügte über einen massiven Kopf – offenbar einen Kommandostand – und ein damit durch Streben verbundenes trichterförmiges Triebwerk. All das stempelte es zu einem Schiff.
Ich warf einen Blick auf das braunhäutige Zigeunergesicht meines Piloten.
„Was halten Sie davon, Captain?“
Captain Romen wiegte den Kopf.
„Schwer zu sagen, Sir.“
„Aber Sie würden mir zustimmen, wenn ich behaupte: Das Ding ist ein Schiff ...?“
„Ja, Sir. Und es sieht verdammt so aus, als sei es von Menschen gebaut.“
Ich drückte die Sprechtaste.
„Brücke an Kartenhaus ... Als was würden Sie das Ding bezeichnen, Lieutenant?“
Iwan Stroganow, der alte Sibiriak mit der unverwüstlichen Gesundheit, war ein Veteran der Raumfahrt. Als einziger von uns allen hatte er noch die monatelangen Reisen der legendären Windjammer-Zeit bewußt erlebt: Aufbrüche in das Ungewisse, die nur zu vergleichen sind mit der Tat eines Kolumbus. Stroganow war ein wandelndes Lexikon der Astronautik.
Durch den Lautsprecher konnte ich hören, wie mein Navigator, bevor er antwortete, tief durchatmete.
„Sir, ich glaube, es gibt nur eine einzige Erklärung ...“
„Und die wäre?“
„Sir, die ist einfach zu phantastisch.“
„Immer ’raus mit der Sprache, Lieutenant!“
„Nun, Sir ... auf die Gefahr hin, fortan hier an Bord als

Spinner zu gelten ... ich möchte sagen, wir sind auf die PILGRIM 2000 gestoßen. Sie erinnern sich vielleicht? Dieses seltsame Raumschiff, das vor fast hundert Jahren ..."

Lieutenant Stroganow brach ab. Aber seine Andeutung hatte bereits genügt. Ich erinnerte mich tatsächlich – an all die Spekulationen, die sich in den Kreisen der Astronauten um dieses verschollene Schiff rankten.

Wer würde uns jemals eine solche Begegnung glauben? Und was konnten wir aus diesem unerhörten Zufall machen?

Der Augenblick für eine solche Begegnung war denkbar ungünstig. Die *Kronos* befand sich weitab von ihrem vorgeschriebenen Kurs, und ich hatte genug damit zu tun, sie, während an Bord die Vorräte schmolzen, in die Zivilisation zurückzuführen, heimkehrend aus fernsten, unerforschten Räumen, in denen Gefahren lauerten, von denen kein Mensch etwas ahnte.

Lieutenant Stroganow hatte, indem er aussprach, was mir nicht über die Lippen wollte, den Bann gebrochen. Seine Überzeugung, daß die *Kronos* unversehens auf die legendäre PILGRIM 2000 gestoßen war, deckte sich mit meiner Vermutung. Knapp eine Raummeile unter uns zog eine verschollene menschliche Zivilisation dahin.

Eine Sekunde lang wog ich zwei mögliche Entscheidungen gegeneinander ab.

Die eine Entscheidung war in der besonderen Situation begründet, in der sich die *Kronos* an diesem Tag, dem 5. April 2080, befand. Wir waren infolge einer kosmischen Katastrophe vom Kurs abgekommen und hatten rund zwei Monate verloren. Als gewissenhafter Commander hatte ich dafür zu sorgen, daß Schiff und Besat-

zung auf dem schnellsten Wege aus dieser mißlichen Lage herausgeführt wurden.
Die andere Entscheidung gründete sich auf dem Umstand, daß man es mit einer wahrscheinlich einmaligen, nicht wiederholbaren Begegnung zu tun hatte. Keinem anderen Zeitgenossen würde es vergönnt sein, Kontakt aufzunehmen zu dieser im Jahre 1991 von der Erde abgespaltenen menschlichen Gesellschaft.
Durfte ich da einfach weiterfliegen? Ich drückte die Sprechtaste.
„Brücke an FK!"
Lieutenant Levys Stimme meldete sich – ruhig und ohne eine Spur von Erregung:
„FK hört, Sir."
Während ich sprach, wendete ich den schmerzenden Blick nicht von dieser trostvollen Oase. Ich kühlte die brennenden Augen mit dem sanften Blau der Gewässer, mit dem schattigen Grün der Wiesen und Wälder. Und ich versuchte mir vorzustellen, welche Wirkung unsere unvermutete Ankunft bei den dort lebenden Menschen auslösen würde. Ein knappes Jahrhundert trennte mich samt meinen Männern von ihnen – ein knappes Jahrhundert, in dem das Bild der Erde sich völlig gewandelt hatte. Aus der schier unübersehbaren Vielzahl von Nationen, die in den III. Weltkrieg gezogen war, hatten sich schließlich, als die furchtbaren Wunden zu verheilen begannen, jene beiden großen Machtblöcke herausgeschält, die heute miteinander rivalisierten: die EAAU und die VOR, der Zusammenschluß der drei Kontinente Europa, Amerika und Afrika und die Vereinigten Orientalischen Republiken. Tiefreichende kulturelle Veränderungen waren gefolgt. Die alten Sprachen – um nur

ein Beispiel anzuführen – hatten, indem sie der Kunstsprache *Metro* weichen mußten, nur noch die Bedeutung allmählich schwindender Dialekte. Und mit der neuen Sprache war auch ein neuer Typus des Menschen herangewachsen: der selbstverständliche Herr der Maschine… Was jedoch erwartete uns auf der PILGRIM 2000? War es ihren Bewohnern gelungen, jenes Paradies, von dem sie beim Verlassen der Erde träumten, zu verwirklichen? Und zu welchem zivilisatorischen Gipfel mochten sie sich, die Friedfertigen, unbeeinflußt durch die Entwicklungen auf der Erde, in ihrer Abgeschiedenheit fortgepflanzt haben?
„FK, ich möchte, daß Sie Verbindung aufnehmen zur PILGRIM 2000. Nennen Sie unsere Herkunft, unsere Nationalität und unsere Erkennungsnummer."
„Aye, aye, Sir."
„Noch eins, Lieutenant Levy. Ich möchte nicht, daß man auf der PILGRIM 2000 in Panik gerät infolge unserer Ankunft. Betonen Sie daher, daß wir uns in friedlicher Absicht nähern und in aller gebührenden Form um Landeerlaubnis nachsuchen."
„Aye, aye, Sir."
„Und fügen Sie hinzu, daß sowohl die *Kronos* als auch deren Besatzung unbewaffnet sind."
„Aye, aye, Sir."
„Das ist alles, Lieutenant."
Danach konzentrierte ich meine Aufmerksamkeit erneut auf dieses erdgleiche Gebilde in der dunkelnden Unendlichkeit des Raumes. Langsam und beharrlich, als wäre es die Erde selbst, rotierte es um seine Achse. Neue, üppige Landschaften schoben sich über den Horizont. Hochaufragende Paläste warfen schwarze Schatten. Eine

Galerie von Pfeilern, die zu einer Kabinenbahn gehören mochten, überspannte in der Längsrichtung die grünende Flur.
Es mochte sein, daß es dort, auf diesem absonderlichen Raumschiff, die besseren Antennen gab. Es mochte sein, daß man dort, auch ohne sich zu melden – ein Umstand, für den es vielerlei Erklärungen geben konnte: Vorsicht ebenso wie Hochmut –, über die Vorgänge auf der Erde genauestens im Bilde war, vielleicht sogar über den Testflug der *Kronos*.
Ein Anflug von Unbehagen machte mich frösteln. Die *Kronos* war tatsächlich ein besonderes Schiff. Man sah es von außen nicht: sie war auf dieser Reise ein durch und durch ziviles Schiff, an Bord dessen man vergebens auch nur nach einer Pistole suchen würde.
Ungeduld überkam mich. Erneut drückte ich die Taste.
„Brücke an FK... Frage: Haben Sie schon Verbindung?"
Im Lautsprecher schepperte Lieutenant Levys Stimme: „Noch nicht, Sir. Die PILGRIM reagiert nicht. Es wird wohl eine Weile dauern, bis ich die richtige Frequenz gefunden habe."
Neben mir räusperte sich Captain Romen. Er wartete auf Befehle. Ich nickte ihm zu.
„Wir warten."
Meine Gedanken wanderten zurück.

Der Testflug der *Kronos* führte von der Erde zunächst zur Venus und von dort zum Uranus. Einige unbedeutende Mängel konnten ermittelt werden, aber im wesentlichen stellte ich fest, daß ich es mit einem hervorragenden neuen Schiffstyp zu tun hatte – mit machtvollem

Schub und ungewöhnlich guten Manövriereigenschaften –, der das beantragte Serienprädikat voll und ganz verdiente.
Drei Tage, nachdem die *Kronos* den Uranus wieder verlassen hatte, um nach Metropolis zurückzukehren, geschah das Ungewöhnliche.
Das Bordradar ortete ein riesiges Objekt auf Kollisionskurs, das nie richtig und eindeutig identifiziert werden konnte. Der äußeren Struktur nach war es wohl eine relativ stark verdichtete gasförmige Masse mit einem Durchmesser, der etwa dem des Mondes entsprechen mochte.
Ich zweifelte nicht daran, daß unsere Wissenschaftler, wenn man ihnen den Vorfall schilderte, dafür eine plausible Erklärung finden würden, doch vorerst hatte ich es mit einem mir völlig unbekannten Himmelsphänomen zu tun. Dementsprechend verhielt ich mich. Nachdem ich mich über Bahn und Geschwindigkeit der gigantischen Blase unterrichtet hatte, legte ich die *Kronos* auf veränderten Kurs, um sie aus der Gefahrenzone zu ziehen.
Meine Vorsicht bewahrte uns vor dem Schlimmsten.
Wenige Minuten, nachdem ich die *Kronos* auf neuen Kurs gelegt hatte, schien das All einzustürzen.
Ich verspürte einen wahnwitzigen Schmerz in den Augen und verlor das Bewußtsein.
Was wirklich geschah, läßt sich lediglich vermuten. Offenbar war es im Zentrum der gasförmigen Masse zur Explosion gekommen. Das Licht war so gleißend, daß für den Bruchteil einer Sekunde selbst die massiven Schiffswände transparent wurden.
Es dauerte Tage, bis sich meine Sehfähigkeit erneuerte.
Zusammen mit Lieutenant Stroganow, der sich gleich mir

als einer der ersten vom Zustand völliger Blindheit erholte, nahm ich eine Standortbestimmung vor. Die Koordinaten, die wir dabei errechneten, waren so unglaubwürdig, daß wir tags darauf, um sicher zu gehen, ein neues Besteck nahmen. Danach konnte es keinen Zweifel mehr geben, daß die ungeheure Explosion die *Kronos* in eine Umlaufbahn um die Sonne geschleudert hatte – und zwar im erdabgewandten Bereich. Die Funkverbindung war abgebrochen.
Wir waren in eine kosmische Katastrophe hineingeraten und, da das Schiff standgehalten hatte, im wahrsten Sinn des Wortes mit einem blauen Auge davongekommen. Nachdem ich mich davon vergewissert hatte, daß die *Kronos* betriebsklar war, begann ich sie mit allerlei List und Tricks aus der bedrohlichen Sonnennähe herauszumanövrieren, um sie schließlich auf Heimatkurs zu legen. All das ist leichter geschildert, als es in Wirklichkeit war, denn immerhin hatten uns die kosmischen Kräfte so weit von unserem ursprünglichen Kurs verschlagen, daß sich die Reise um nahezu zwei Monate verlängerte.
Einzig und allein diesem Zwischenfall ist es zuzuschreiben, daß fern im Raum, unter fremden Sternen, die von mir geführte *Kronos* auf die PILGRIM 2000 stieß.

Im Bordlautsprecher knackte es. Lieutenant Levy meldete sich:
„FK an Brücke ... Sir, ich habe jetzt alle Frequenzen durch. Die PILGRIM 2000 gibt keine Antwort."
„Danke, FK."
Mit tränenden Augen starrte ich auf die einladende Oase im Raum, die sich in so beharrliches Schweigen hüllte. Was ging darauf vor? War die Station nicht besetzt – oder

hatte das knappe Jahrhundert, das ihre Zivilisation von der meinen trennte, die Technik so weit auseinandergeführt, daß es keine Verständigung mehr geben konnte?
Es war höchste Zeit, zu einem Entschluß zu kommen. Noch konnte ich abdrehen – und alles, was von dieser Begegnung bleiben würde, bestünde dann aus einer Eintragung im Bordbuch: die Erinnerung an eine verpaßte Gelegenheit.
Ich atmete einmal tief durch, gab meiner Stimme den gewohnt kühlen Klang – mit dem Ergebnis, daß man später behaupten sollte, ich hätte keinen Augenblick lang auch nur einen Hauch von Erregung gezeigt – und nickte meinem Piloten zu.
„Captain, mir scheint, in der Mitte dieses Vogels gibt es so etwas wie ein markiertes Landedeck. Setzen Sie auf! Mit etwas Glück werden wir von diesen Raumpilgern zu einem kühlen Schluck eingeladen.“

2.

Die Landung auf der PILGRIM 2000 verlief ohne Schwierigkeiten. Die *Kronos* setzte schüttelnd auf, und das Triebwerk verstummte. Ich hatte Zeit und Muße, meine nähere Umgebung in Augenschein zu nehmen.
Das Landedeck war eine auf Stelzen aufgesetzte Plattform von der Größe eines Fußballplatzes, die mir den Einblick in das Innere des künstlichen Planeten verwehrte. Ein angeblockter Fahrstuhlschacht führte hinab zur Schleuse; daneben gab es noch eine Wendeltreppe. Alles war von unzähligen Meteoriteneinschlägen gesprenkelt und machte einen verwahrlosten Eindruck.
Verwirrung überkam mich, die sich nur schwer wieder abschütteln ließ. Auch Captain Romen schien davon angesteckt zu sein, denn er bemerkte halblaut:
„Auf jeden Fall, Sir, nehmen's die Pilger mit dem Saubermachen nicht allzu genau."
Nachdem ich noch einige weitere Minuten verstreichen lassen hatte, ohne daß unsere Landung auch nur die An-

deutung einer Bewegung im Bereich der Schleuse hervorgerufen hätte, drückte ich die Taste:
„Lieutenant Xuma!"
Die Stimme des I. Bordingenieurs meldete sich im Lautsprecher: „Sir?"
„Ich möchte, daß Sie den Lift überprüfen."
„Aye, aye, Sir."
Die Überprüfung nahm nur wenig Zeit in Anspruch. Lieutenant Xuma kehrte an Bord zurück und betrat das Cockpit. Nachdem er sich den Helm von seinem ebenholzschwarzen Gesicht gestreift hatte, berichtete er:
„Nichts, Sir. Das Ding ist außer Betrieb. Kein Strom. Aber die Schleuse selbst hat zum Glück eine Handspindel. Man müßte sie, falls sie nicht gar zu verrottet ist, öffnen können."
Ich überlegte. Irgend etwas, wofür es vorerst keine Erklärung gab, war mit der PILGRIM 2000 geschehen. Es mochte sich um einen technischen Defekt handeln, zu dessen Behebung die schiffseigenen Mittel nicht ausreichten. In einem solchen Fall dürften wir willkommene Gäste sein. Ich beschloß, eine erste Erkundung zu wagen, und nachdem ich das Für und Wider einer Aufteilung der Mannschaft erwogen hatte, entschied ich mich dafür, den Abmarsch in voller Stärke anzuordnen. Hinter diesem Entschluß standen triftige Gründe. Einerseits stand die *Kronos* auf sicherem Boden. Sie konnte daher sehr wohl einige Stunden lang sich selbst überlassen bleiben. Andererseits befanden wir uns alle in einem arg geschwächten gesundheitlichen Zustand, so daß nur konsequenter Zusammenhalt uns Stärke verlieh. Darüber hinaus mochte ich es keinem verwehren, nach den niederdrük-

kenden Erlebnissen der letzten Wochen einen Abstecher in dieses lockende Paradies unter den Sternen zu unternehmen – zu den kühlen Quellen eines unverhofft aufgetauchten himmlischen Babylon.
Noch einmal drückte ich die Taste – ohne zu ahnen, worauf ich mich mit dieser Entscheidung einließ. Ich rechnete mit einem kurzfristigen Aufenthalt, so daß man in spätestens drei, vier Stunden wieder an Bord der *Kronos* sein würde.
„Hier spricht der Commander. An alle Stationen. Ich habe beschlossen, auf PILGRIM 2000 eine Erkundung vorzunehmen und, wenn es möglich ist, mit ihren Bewohnern in Verbindung zu treten. Die Besatzung begleitet mich. Der Abmarsch findet statt –" ich sah auf die Uhr – „in genau fünf Minuten."

Lieutenant Xuma behielt recht: der Schleusendeckel konnte von Hand geöffnet werden. Dahinter herrschte gähnende Dunkelheit. Auch hier, so stellte ich rasch fest, fehlte es an Strom, um die vorhandenen Beleuchtungselemente zu speisen.
Knapp hinter dem Einstieg blieb ich stehen und wartete ab, bis die Besatzung sich vollständig um mich versammelt hatte. Es war eine Mannschaft, wie man sie sich für eine solche Reise nicht besser wünschen konnte: erfahren, abgehärtet und treu. Da war Captain Romen, der heißblütige, musikliebende Zigeuner – mein Pilot; da war Lieutenant Simopulos, der sanftgesichtige Grieche – mein Radar-Controller; da war Lieutenant Stroganow, der breitschultrige Sibiriak, der mich schon auf *Delta VII* begleitet hatte – mein Navigator; da war Lieutenant Levy, neu an Bord der *Kronos,* der kaltblütige Israeli –

mein Funkoffizier; da waren die beiden Bordingenieure, der schwarzhäutige Lieutenant Xuma und der kupferfarbene Indianer Lieutenant Torrente; und da gab es schließlich noch ein rothaariges, spindeldürres, zappeliges Männchen mit dem wohlklingenden Namen Enrico Caruso – den Schiffskoch.

Ich ließ die Helmleuchte aufflammen, und die beiden Bordingenieure klappten den schweren Schleusendeckel wieder zu und verschraubten ihn. Ich übernahm die Führung.

Die Luft war feucht; das Licht reichte nicht weit. Es huschte über eine sanft absteigende Rampe, die sich in einem üblen Zustand befand. Irgendwo trat Wasser ein; der Beton war mit einer zähen Schlammschicht überzogen.

Lieutenant Stroganow, der neben mir ging, bemerkte:

„Mir scheint, Sir, die Pilger nehmen es mit der Abkehr von allem Irdischen ziemlich genau. Es sieht nicht so aus, als hätten sie in den letzten Jahren Besuch gehabt."

Und Captain Romen fügte hinzu:

„Wohin, zum Teufel, sind wir geraten? In eine Einsiedelei?"

Als ich vor mir, in einiger Entfernung, eine Bewegung zu erkennen glaubte, hielt ich an. Ich hatte mich nicht getäuscht. Auf diesem künstlichen Planeten gab es tatsächlich Leben. Ein Paar grüngelber Augen starrte uns an. Lieutenant Stroganow klatschte in die Hände, und eine mächtige Ratte überschlug sich fast vor Schreck und huschte fiepend davon.

Der Sibiriak schüttelte sich.

„Pfui Teufel!" sagte er. „Und ich dachte, wir würden von einer richtigen Abordnung empfangen werden."

Statt einer Antwort warf ich einen Blick auf den Sauerstoffmesser am Handgelenk. Die Atmosphäre in diesem Bereich des künstlichen Planeten war dünn, aber die Ratte hatte darunter offenbar nicht gelitten.
Lieutenant Torrente deutete meine Handbewegung richtig. Er sagte:
„Die Schleuse ist auch nicht mehr das, was sie eigentlich sein sollte. Von irgendwo sickert Luft ein."
Und Lieutenant Xuma fügte hinzu:
„Übrigens, Sir, ist es Ihnen schon aufgefallen, daß wir es hier mit einer erdgleichen Schwerkraft zu tun haben? Man könnte fast sagen: Es schreitet sich hier so angenehm wie daheim auf Mutter Erde."
Wir erreichten das Schleusenende, und wieder mußten sich die beiden Bordingenieure abplagen, um den Lukendeckel zu öffnen. Dieser schwang schließlich mit schrillem Kreischen auf – und danach geschah es, daß ich meinen Sinnen nicht länger traute.

Die Täuschung, daheim zu sein auf dem vertrauten blauen Planeten, war vollkommen. Nichts fehlte: weder die gewohnte Schwerkraft, noch das vertraute Spiel von Licht und Schatten. Der Sauerstoffmesser zeigte Grün. Ich nahm den Helm ab, und schwülwarme, köstliche Luft fiel über mein Gesicht her. Ich blickte auf eine sonnenüberflutete, tropisch anmutende, wildwuchernde Landschaft von eigenartiger Schönheit. Irgendwann mochte hier eine Bananenplantage gewesen sein; inzwischen hatte der Dschungel das Gesetz des Wachstums an sich gerissen und die Spuren menschlichen Wirkens nahezu getilgt. Doch hier und da waren sie noch zu erkennen: in den Andeutungen eines betonierten Pfades, in den

moosbedeckten Pfeilern einer vom Rost befallenen Kabinenbahn.
Lieutenant Simopulos sprach mich an; seine Stimme klang rauh:
„Sir, was hat das zu bedeuten?“
Ich war nur sein Commander – weit entfernt davon, allwissend zu sein. So mußte ich mich damit begnügen zurückzugeben:
„Um das herauszufinden, Lieutenant, sind wir schließlich hier. Was halten Sie davon, wenn wir erst einmal unsere Raumanzüge ablegen?“ Und um meine eigene Beklommenheit zu überspielen, nahm ich Zuflucht bei einem platten Scherz: „Da ich nirgendwo so etwas wie ein Taxi entdecken kann, fürchte ich, werden wir bis zur nächsten Wirtschaft zu Fuß gehen müssen.“
Kurz vor der Landung hatte ich mir die nähere Geographie eingeprägt. Das Waldstück, in das die Schleuse einmündete, war knapp eine Meile tief. Dahinter erstreckte sich eine kleinere Siedlung. Und noch etwas weiter, falls mich die Erinnerung nicht trog, hatte ein helles Gewässer geschimmert. Überdies mußte es ganz in der Nähe unseres gegenwärtigen Standortes eine Straße geben.
Während sich die Männer ihrer ungefügen, in dieser Umgebung lediglich störenden Raumanzüge entledigten, erläuterte ich ihnen meine Absicht:
„Sobald wir die Straße erreicht haben, werden wir dieser folgen. Auf diese Weise wird es uns später nicht schwerfallen, zur Schleuse zurückzufinden. In der Siedlung werden wir dann versuchen, Verbindung aufzunehmen zu den Einwohnern. Gibt es in diesem Zusammenhang noch Fragen?“
„Ja, Sir.“

Ich blickte in ein sommersprossiges Gesicht unter fuchsroten Haaren. „Ja, *maestro*?"
Sergeant Caruso wand sich bei dieser ihm verhaßten Anrede. Immerhin schien es ihm nicht angebracht zu sein, dagegen zu protestieren.
„Was wird aus den Anzügen, Sir?"
„Die lassen wir hier zurück."
„Sir, ist das wirklich Ihr unumstößlicher Entschluß?"
„Was spricht dagegen?"
„Eigentlich nichts, Sir", erwiderte Sergeant Caruso mit einem spitzen Unterton. „Nur fände ich das gar nicht komisch, wenn ich bei meiner Rückkehr feststellen müßte, daß mir die verdammte Ratte bis auf den Reißverschluß alles weggefressen hat. Ich frage Sie, Sir – wie komme ich dann wieder an Bord?"
Der Schiffskoch hatte recht; ich selbst hätte eine solche mögliche Gefährdung unserer unersetzlichen Ausrüstung in Betracht ziehen müssen.
„Einverstanden", erwiderte ich. „Wir nehmen die Ausrüstung mit."
Noch ahnte ich nicht, daß der *maestro* mit seinem Hinweis uns allen das Leben rettete.
Im übrigen war die Ausrüstung leicht zu tragen: der eingerollte Anzug wurde ganz einfach im Helm verstaut, und der Helm selbst wurde, um die Hände frei zu behalauf den Rücken geschnallt.
Nach meiner Uhr war es 13.07 Uhr Metropolis-Zeit, als wir den Marsch in das Innere des künstlichen Planeten antraten. Wieder bildete ich die Vorhut unserer kleinen Marschkolonne.
Der Pfad war völlig überwuchert; wir kamen nur langsam vorwärts. Schon nach wenigen Minuten fühlte ich mich

buchstäblich in Schweiß getaucht. Zum Glück gab es in diesem Dschungel – im Gegensatz zu vergleichbaren Landschaften auf der Erde – keine Mücken. Überhaupt, so fiel mir auf, fehlte es in der uns umgebenden üppigen Vegetation an tierischem Leben. Nicht einmal ein Vogelruf ließ sich vernehmen. Die einsame Ratte, die wir im Schleusenschacht aufgescheucht hatten, schien die große Ausnahme zu sein: der bisher einzige Hinweis darauf, daß auf PILGRIM 2000 über die tropisch überschäumende Vegetation hinaus Leben vorhanden war.
Dann und wann, wenn sich über mir die Baumkronen lichteten, erhaschte ich einen Blick auf die Kabinenbahn. Wie viele Jahre oder gar Jahrzehnte mochten ins Land gegangen sein, seitdem sie das letzte Mal in Betrieb genommen worden war? Die Luftfeuchtigkeit war ungewöhnlich hoch; der Rost hatte sich tief in das Metall eingefressen.
Was mochte sich hier zugetragen haben – in jenem knappen Jahrhundert, seitdem die PILGRIM 2000 mit rund fünfundzwanzigtausend ebenso kriegsmüden wie zukunftsgläubigen Menschen an Bord die Erde verlassen hatte? Die verwilderten Plantagen ließen darauf schließen, daß sich diese Zivilisation unter fremden Sternen ursprünglich gut entwickelt hatte.
Von meinen Männern kam kaum mehr als gelegentlich eine lakonische Bemerkung; die Anstrengung des Marsches machte uns allen zu schaffen.
Einmal blieb ich stehen, um das Wort an Lieutenant Levy zu richten.
„Wie geht's?“
„Kaputt, Sir“, erwiderte er, „aber die saubere Luft tut den Augen gut.“

Mir fiel auf, daß er die dunkle Brille abgesetzt hatte: ein gutes Zeichen.
Gegen 14.30 Uhr erreichten wir die Straße, und ich ordnete eine kurze Rast an.
Die Straße war ein doppelspuriges breites Band aus grauem Bitumen; sie hatte dem Dschungel standgehalten. In einiger Entfernung stand ein verlassenes vierrädriges Fahrzeug mit kastenförmigen Aufbau. Lieutenant Xuma überwand seine Erschöpfung und unterzog es einer gründlichen Untersuchung. Kopfschüttelnd kehrte er zurück.
„Nun?“ fragte ich. „Ein Elektro-Mobil“, erwiderte er, „wie man es gegen Ende des vorigen Jahrhunderts verwendete. Es ist noch tadellos in Ordnung – bis auf den Umstand, daß die Batterien leer sind.“ Er zeigte mir seine leeren Handflächen. „Im übrigen, Sir, gibt es hier keinen Staub. Schwer zu sagen also, wie lange die Kiste schon so herumsteht.“
„Und keinerlei Hinweis darauf, weshalb es verlassen wurde?“
„Nichts, Sir.“
Als wir weitergingen, warf auch ich einen Blick in das Fahrzeug. Es wirkte auf rührende Art primitiv und altertümlich: eine Antiquität, für die man daheim ein Vermögen hätte ausgeben müssen. Das Mobil war mit vier Gummireifen ausgestattet; die Pneus enthielten kaum noch Luft. Unter dem Fahrersitz entdeckte ich ein mit trockenem Kot gefülltes Rattennest. Entweder war dies der Aufmerksamkeit von Lieutenant Xuma entgangen, oder aber er hatte es nicht der Erwähnung für wert gehalten.
Im Verlauf der folgenden Viertelstunde kreisten meine

Gedanken um diesen Umstand. Ich ahnte, daß ich auf einen wichtigen Hinweis gestoßen war, ohne daß ich vorerst in der Lage war, ihn zu deuten.
Ich hörte auf, mich damit zu beschäftigen, als Lieutenant Torrente plötzlich stehenblieb.
„Haben Sie das gesehen, Sir?"
Sein scharfes Indianerauge hatte erspäht, woran ich achtlos vorübergegangen war. Der vergitterte Schacht verbarg sich zwischen mannshohem Farn. Nun erst, als ich herantrat, vernahm ich auch das gedämpfte Fauchen, das ihm entströmte, und den Anhauch eines kühlen Windes.
Die Bedeutung des Schachtes war unschwer zu erraten: Es war Teil einer offenbar weitverzweigten Luftaufbereitungsanlage. Die Tatsache, daß die Anlage unverändert in Betrieb war, stand in krassem Gegensatz zu unseren bisherigen Entdeckungen. Die Lunge dieses Raumkörpers war noch immer am Atmen.
Lieutenant Torrente war bereits damit beschäftigt, das Gitter aufzustemmen.
„Geben Sie auf sich acht, Lieutenant!" mahnte ich.
Lieutenant Torrente brummte etwas und entschwand im Inneren des Schachtes.
Als er einige Minuten später an die Oberfläche zurückkehrte, machte er ein verdrossenes Gesicht.
„Ich glaube nicht, Sir", sagte er, „daß uns diese Entdekkung klüger macht. Wir haben es ganz offensichtlich mit einem zentral gesteuerten, atomar betriebenen Regenerator zu tun."
„Und was folgern Sie daraus?"
Lieutenant Torrente rieb sich die öligen Hände am Farnkraut ab.

„Ich folgere daraus, Sir", erwiderte er, „daß eine solche Anlage, sobald man sie in Betrieb genommen hat, läuft und läuft – so lange der Brennstoff reicht."
„Aber sie muß doch gewartet werden?"
„Nicht unbedingt, Sir." Lieutenant Torrente ließ das Gitter zurückfallen. „Gewiß, eine gelegentliche Kontrolle könnte nur von Vorteil sein – allein schon, um Temperatur und Luftfeuchtigkeit aufeinander abzustimmen." Demonstrativ wischte er sich den Schweiß von der Stirn. „Darauf scheint man jedoch seit einiger Zeit verzichtet zu haben. Man könnte meinen, man befände sich irgendwo am Äquator."
„Mit anderen Worten – die Anlage würde auch dann noch weiterlaufen, wenn es keine Menschen auf der PILGRIM 2000 mehr gäbe?"
Lieutenant Torrente wandte mir sein flaches, kupferfarbenes Gesicht zu.
„So ist es, Sir."
Ich beschloß, die Erkundung nicht weiter auszudehnen als bis zu den Häusern. Forscherdrang und Wißbegier, so begründet sie auch sein mochten, hatten zurückzutreten hinter meiner Verantwortung für Schiff und Besatzung.
Was hatte sich hier wohl zugetragen? Im Weitergehen stellten die Männer halblaute Überlegungen an, wilde, überschäumende Gedankenspiele – man sprach von unbekannten Raumseuchen oder dem kriegerischen Einbruch durch fremde Zivilisationen –, aber überzeugend klang das alles nicht.
Auch weiterhin folgten wir der Straße, die zu beiden Seiten von mehr oder minder undurchdringlichem Urwald gesäumt war, bis dieser sich schließlich lichtete.

Vor uns lag ein Geländestück, das in früherer Zeit dem Getreideanbau gedient haben mochte. Unkraut und Disteln hatten sich inzwischen darauf ausgebreitet. Aber die ursprünglichen Flurstücke waren noch deutlich zu erkennen – ein klarer Beweis dafür, daß die Konstrukteure dieses künstlichen Planeten erdgleiche Bedingungen zu schaffen versucht hatten. Irgendwann einmal hatte es hier eine blühende Landwirtschaft gegeben – mit fruchtbaren Äckern und sprudelnden Bewässerungen.
Der Anblick dieses leicht gewellten Geländestücks war so anheimelnd, daß die Vorstellung, sich auf der erdabgewandten Seite der Sonne zu befinden, viele Monate vom Heimatplaneten entfernt, geradezu unsinnig erschien. Hätte es nicht den wolkenlosen, schwarzen Himmel jenseits der gewölbten, transparenten Kuppel gegeben – mit seinen fremdartigen Sternbildern –: die Täuschung wäre vollkommen gewesen.
Die zu den Feldern gehörende Siedlung bestand aus einem Dutzend eingeschossiger Häuser, richtig altmodische Bauernhäuser, die überragt wurden von den mächtigen Pfeilern der Kabinenbahn, die an dieser Stelle die Straße überquerte und somit die Siedlung oder das Dorf in ihr Verkehrssystem mit einbezog. Ein Pfeiler – der Bahnhof – unterschied sich von den anderen; er war mit einem Lift und einer Treppe versehen und trug eine Plattform.
Ich ordnete eine Marschpause an und unterzog die Siedlung auf die Entfernung hin einer gründlichen Musterung.
Die Häuser machten einen unzerstörten, zugleich aber auch unbewohnten Eindruck; hinter den Fenstern waren

weiße Gardinen zu erkennen. In den kleinen Vorgärten leuchteten in verschiedenen Rottönen rankende Rosen und üppige Geranienstauden.
Lieutenant Stroganow kam heran und kauerte sich neben mich – mit den geschmeidigen Bewegungen eines erfahrenen Taigajägers.
„Komisches Kaff, Sir."
„Was finden Sie komisch?"
„Nirgendwo ein Mensch, Sir. Wie ausgestorben."
„Und das gefällt Ihnen nicht?"
„Genausowenig wie Ihnen, Sir. In diesem Superschiff steckt der Wurm."
Tatsächlich, die Situation gefiel mir von Minute zu Minute weniger. Die tödliche Ruhe, die über den Häusern lag, strahlte Beklemmung aus.
„Wir wollen uns nicht ins Bockshorn jagen lassen, Lieutenant", sagte ich. „Was immer hier auch geschehen sein mag – wir werden die natürlichen Gründe dafür ermitteln. Ich verabscheue ungelöste Rätsel."
Aufstehend gab ich das Signal zum neuerlichen Aufbruch. Langsam und vorsichtig rückten wir in das Dorf ein. Es empfing uns stumm und gleichgültig. Nirgendwo bewegte sich eine der Gardinen, nirgendwo ließ sich ein erstaunter Zuruf vernehmen. Nur das dumpfe Stampfen unserer Stiefel auf dem grauen Belag der Straße war zu hören.
Auf dem Platz unterhalb des Bahnhofs ließ ich halten und teilte meine Männer auf.
„Captain Romen – Sie, die beiden Ingenieure und Sergeant Caruso erkunden die linke Häuserreihe. Ich nehme mir die rechte vor."
Captain Romen schluckte und verkniff den Mund. Im

allgemeinen war er ein unerschrockener, kaltblütiger, oft genug sogar verwegener Pilot, ein Mann, der vor keiner Gefahr zurückschreckte. Nun jedoch schien in ihm der uralte Aberglaube der Zigeuner hervorbrechen zu wollen. Schließlich riß er sich zusammen. Er bekreuzigte sich und erwiderte:
„Aye, aye, Sir."
Ich wandte mich ab, durchquerte einen Vorgarten und legte die Hand auf die Klinke. Auf einmal fühlte ich mich ohne Waffe nackt und schutzlos. Eine Sekunde lang zögerte ich, dann stieß ich die Tür auf.
Ich blickte in einen anheimelnd eingerichteten Wohnraum: schlichtes, gediegenes Mobiliar, Bilder an den Wänden, Teppiche auf dem Fußboden.
„Hallo!" sagte ich. „Ist es gestattet einzutreten?"
Meine Stimme hörte sich auf absonderliche Weise verloren an. Ich bekam keine Antwort – und ich hatte eine solche auch kaum erwartet.
Hinter mir drängten sich stumm die Männer.
Ich überschritt die Schwelle und starrte verwirrt auf eine gedeckte Tafel. Nichts fehlte, weder Geschirr noch Besteck. Alles sah so aus, als sollte im nächsten Augenblick eine glückliche, arbeitsame Familie an dieser Tafel Platz nehmen, um auf das Erscheinen der Hausfrau zu warten, die in der Küche letzte Hand anlegte an das Mahl.
„Wo zum Teufel sind die Leute hin?" knurrte hinter mir Lieutenant Stroganow. „Sie können sich doch nicht einfach in Luft aufgelöst haben."
Lieutenant Simopulos hob eine Gardine an und spähte hinaus.
„Vielleicht haben sie unsere Annäherung bemerkt", sagte er, „und sind geflohen."

Ich entdeckte einen Lichtschalter und drückte ihn. Nichts geschah. Das Haus war ohne Strom – und das ließ darauf schließen, daß es seit langem verlassen war.
Lieutenant Levy sprach aus, was ich dachte:
„Nein", sagte er, „falls sie geflohen sind, dann bestimmt nicht wegen uns. Im übrigen – wer deckt den Tisch, um gleich darauf zu fliehen?"
Wir untersuchten die anderen Räume. Auch sie waren leer und verlassen. Zurückgeblieben waren lediglich die Habseligkeiten der ehemaligen Bewohner. Falls sie wirklich geflohen waren, so hatten sie zumindest nichts mitgenommen.
Verwirrt trat ich wieder hinaus auf den Platz. Auf der PILGRIM 2000 mußte es die Mittagstunde sein. Das Licht war grell und machte meine empfindlichen Augen schmerzen. Zwinkernd erkannte ich Lieutenant Xuma, der auf mich zukam.
„Nun?"
Der I. Bordingenieur zuckte die Achseln.
„Seltsame Geschichte, Sir. Die Häuser sind alle verlassen. Die Klamotten sind zurückgeblieben – aber die Leute sind verschwunden. Haben Sie was gefunden, Sir?"
„Nicht mehr als Sie", erwiderte ich. „Nun, es wird Zeit, an den Rückmarsch zu denken. Wir haben erkundet, was möglich war. Mögen sich andere Leute ihren Reim darauf machen." Ich sah mich um. Auch Lieutenant Torrente und Sergeant Caruso waren wieder aufgetaucht.
„Wo ist Captain Romen?"
„Captain Romen" – Lieutenant Xuma drehte sich einmal um seine Achse. „Oh, er wollte sich nur etwas in der Umgebung umsehen, Sir."

Wir brauchten nicht lange zu suchen.
Captain Romens Stimme erklang:
„Sir ... mir scheint, ich habe da was entdeckt!"
Captain Romen stand oben auf dem Bahnhofsdeck, und seine Hand wies über die Dächer hinweg.
„Wenn mich nicht alles täuscht, Sir, versteckt sich da ein ..."
Ein gedämpftes Schwirren ließ sich vernehmen – und gleich darauf griff sich Captain Romen stöhnend an die Brust. Er taumelte, er trat einen Schritt zurück, verlor das Gleichgewicht und stürzte über das Geländer.
Es hätte ein Sturz in den Tod werden können. Nur weil er einige Schritte zur Seite getreten war, um mit mir zu sprechen, kam er mit dem Leben davon. Er klatschte schwer auf das Dach eines Hauses, konnte sich sekundenlang am First festhalten und rutschte dann langsam hinab in den Vorgarten. Bevor er endgültig unten aufschlug, waren Lieutenant Xuma und ich zur Stelle und fingen ihn auf. Ich griff in warme, klebrige Flüssigkeit.
Die anderen Männer faßten mit an. Es gelang uns mit vereinten Kräften, Captain Romen auf den verwilderten Rasen zu betten und auf den Rücken zu drehen.
Sein Gesicht war vom Schmerz verzerrt, seine Augen waren geschlossen, er atmete schwer und keuchend. Seine Lippen bewegten sich.
„Sir ... zwischen den Bäumen ..."
Er verlor das Bewußtsein.
Ich war neben ihm niedergekniet, spürte sein warmes Blut, wie es mir über die Hand rann, starrte ihn an und traute meinen Augen nicht.
Was ich sah, war wie ein Hohn auf die Gegenwart.

Ich rief mir das Jahr ins Gedächtnis, in dem ich lebte; ich dachte an all die Wissenschaftler und Techniker, die vor einem knappen Jahrhundert ein technisches Wunderwerk wie diesen künstlichen Planeten geschaffen hatten. Ich führte mir alle Errungenschaften unserer ungestümen, stets dem Neuen zugewandten Zivilisation vor Augen.
Und dann dies als Antwort!
Die Häuser waren verlassen, aber irgendwo auf diesem verdammten erdähnlichen Gebilde gab es noch Menschen.
In Captain Romens linker Schulter steckte ein gefiederter Pfeil.

Es war ein Fehler gewesen, die PILGRIM 2000 zu betreten, nachdem diese auf unser Ersuchen um Landeerlaubnis nicht reagiert hatte. Aus ihrem Schweigen hätte ich meine Schlüsse ziehen müssen. Nun war es zu spät, um die voreilige Entscheidung zurückzunehmen. Mir blieb nur noch übrig, nichts unversucht zu lassen, um meine Männer einschließlich des verwundeten Piloten auf schnellstem Wege zur *Kronos* zurückzuführen, bevor der unsichtbare Feind unsere Waffenlosigkeit entdeckte und ausnützte. Darüber, wer dieser Feind war und warum er uns ohne jede Warnung angriff, konnte man sich später den Kopf zerbrechen.
Als vordringlichstes war der Rückzug zu sichern.
Ich ordnete an, Captain Romen in den Schatten zu betten und dort, so hart dies auch sein mochte, einstweilen sich selbst zu überlassen. Die anfänglich sehr starke Blutung war zurückgegangen, so daß ich es glaubte verantworten zu können, mit dem Entfernen des Pfeiles

und dem Verarzten der Wunde noch etwas warten zu können.
Captain Romen schlug kurz die Augen auf; er schien wahrzunehmen, was rings um ihn herum vorging, denn er fragte:
„Sir, was haben Sie vor?“
„Ruhig, Captain!“ erwiderte ich. „Sie werden hier nicht lange allein bleiben. In ein paar Minuten sind wir zurück – und dann nehmen wir uns Ihrer an.“
Er bewegte ein wenig den Kopf, und sein Blick richtete sich auf den Pfeil, der aus seiner Schulter herausragte.
„Wohin, Sir“, fragte er schwach, „sind wir geraten? Das sind doch Wilde ...“
„Wir werden die Burschen vertreiben“, erwiderte ich. „Und dann bringen wir Sie zurück auf die *Kronos*.“
Jetzt aber mußten wir weiter. Und als erstes mußten wir uns dafür ausrüsten.
Captain Romens Feststellung wirkte in mir nach.
Die Zeit schien aus den Fugen geraten zu sein. Auf der PILGRIM 2000, diesem erst vor neunundachtzig Jahren erbauten Schiff, das ein Paradies unter den Sternen werden sollte, war die Zivilisation anscheinend zusammengebrochen. Wir hatten es zu tun mit einem primitiven Gegner, der sich urzeitlicher Waffen bediente.
Diese Erkenntnis traf mich wie ein Schock.
Seitdem es die Menschheit gibt, so begriff ich, lebt sie befangen in einem Wahn – im Wahn, daß für sie alle Wege vorwärts führen, daß es für sie nichts anderes geben kann als die ständige Fortentwicklung zu immer höheren Stadien der Existenz. Und der Augenschein gibt diesem Wahn recht. Drei große technische Revolutionen veränderten das Antlitz der Erde und stießen dem Men-

schen das Tor auf zu den benachbarten Planeten. Und doch – wie wenig hatte daran gefehlt, daß der III. Weltkrieg für die gesamte Menschheit zum Wendepunkt in die Vergangenheit geworden wäre. Sie war, mit knapper Not, noch einmal davongekommen, und der alte Wahn hatte ihr dabei geholfen, sich auf der umgestalteten Erde und auf deren Geschwistern im All erneut mit aller unbekümmerten Energie in den Fortschritt zu stürzen.

„Sir, wir sind so weit." Lieutenant Stroganow trat an mich heran. „Vielleicht erwischen wir noch ein paar von den Kerlen, und dann ..."

Lieutenant Stroganow schwang drohend einen mächtigen Knüppel.

Auch die übrigen Männer hatten sich, so gut das ging, bewaffnet. Ich starrte auf ein wahres Sammelsurium von Schlagwerkzeugen. Die Männer hatten die Häuser und Speicher geplündert. In ihren Händen funkelten bedrohlich stählerne Achsen und eiserne Anlaßkurbeln. Für mich fand sich ein rußgeschwärzter Schürhaken. Sergeant Caruso hatte ihn mitgebracht.

In loser Reihe schwärmten wir aus – in die Richtung, aus der der verhängnisvolle Pfeil gekommen war.

Als es sich eine knappe Viertelstunde später herausstellte, daß der Feind nicht daran dachte, es zum Kampf kommen zu lassen, sondern sich bereits zurückgezogen hatte, war die Enttäuschung unter den Männern groß. Die Wut über den heimtückischen Überfall nagte an ihnen. Ich hingegen war, auch wenn ich es nicht aussprach, mit dieser Entwicklung der Dinge zufrieden. Von Anfang an war von mir unser Vorstoß zu den sumpfigen Ufern des Sees als reine Demonstration gedacht. Es ging

mir darum, den zwischen Büschen und Bäumen lauernden Feind zu verwirren und über unsere Schwäche hinwegzutäuschen, um uns auf dem bevorstehenden Marsch zur Schleuse den Rücken freizuhalten.
Lieutenant Torrente hatte sich niedergekauert und studierte die spärlichen Spuren. Als er sich schließlich aufrichtete, schnalzte er mit der Zunge.
„Drei Mann", sagte er verächtlich. „Sie tragen keine Schuhe. Und ihre Waffen" – er wies einen zurückgebliebenen, angebrochenen Pfeil mit einer Spitze aus roh bearbeitetem Aluminium vor – „sind miserabel. Meine Vorfahren, die Yaquis, haben bessere Pfeile hergestellt – und ihre Geschichte ging vor zwei Jahrhunderten zu Ende."
Zum ersten Mal erlebte ich es, daß er sich zu seiner Abstammung bekannte. Die Begegnung schien alte Instinkte in ihm geweckt zu haben.
„Schön", sagte ich, „wir haben sie vertrieben. Kümmern wir uns jetzt um den Captain. Wir werden für ihn eine Bahre benötigen."
Bevor ich den Schauplatz des unheimlichen Überfalls verließ, warf ich einen letzten Blick auf den See. Auch er unterlag geheimnisvoller Zerstörung. Ursprünglich schien er lediglich aus einem rechteckigen betonierten Becken bestanden zu haben, welches der Bewässerung der Felder diente. Irgendwann war das Wasser, vielleicht infolge des Versagens der Pumpen, über die Ufer getreten und hatte das Umland überschwemmt. Der See mochte drei oder vier Meilen lang und eine Viertelmeile breit sein. An seinem jenseitigen Ufer begann erneut der Dschungel. Linker Hand schien der See auszuwuchern und überzugehen in eine ausgedehnte Sumpflandschaft.

Ich hob den rechten Arm: Wir traten den Rückzug an. Das Dorf empfing uns mit der bekannten gleichgültigen Stille. Da ich es eilig hatte, zur *Kronos* zurückzukehren, schärfte ich den Männern ein, jede weitere Untersuchung der Häuser zu unterlassen und nur eine als Bahre geeignete Tür auszuhängen.

Captain Romen lag noch dort, wo wir ihn zurückgelassen hatten. Bei seinem Anblick atmete ich auf. Über alles Dienstliche hinaus verband uns eine tiefe, unerschütterliche Freundschaft. Die Pfeilwunde machte mir Sorge, andererseits wußte ich, daß der Captain zäh und hart im Nehmen war. Die Wunde würde ihm bis zur *Kronos* zu schaffen machen – und dort warteten Medikamente und heilsame Strahlen, die das Loch in der Schulter im Handumdrehen schließen würden. Um ihn umzubringen, bedurfte es schon mehr als eines Pfeiles.

Erst als ich mich ihm auf wenige Schritte genähert hatte, bemerkte ich, daß er nicht allein war. Seine Augen machten mich darauf aufmerksam. Starr, entsetzt, gleichsam hypnotisiert, waren sie auf einen nicht allzu fernen Punkt fixiert.

Unvermittelt blieb ich stehen.

Der Geruch des Blutes hatte einen Besucher herbeigelockt.

Dieser hockte vor Captain Romens Stiefeln und ließ dann und wann ein leises Fiepen hören. Nie zuvor hatte ich eine größere Ratte gesehen. Diese hatte die Größe und Muskulatur eines ausgewachsenen Terriers.

Ich schleuderte den schweren Schürhaken nach ihr. Die Ratte spürte die Bewegung, warf sich herum und jagte mit schrillem Pfeifen davon.

Ich kniete neben Captain Romen nieder.

„Grischa – alles in Ordnung?“
Der Ekel schnürte ihm die Kehle zu. Nur seine Augen dankten mir, daß ich zurückgekehrt war.
Die Ratte hörte nicht auf zu pfeifen. Irgendwo, wo ich sie nicht sehen konnte, war sie in Deckung gegangen und belauerte uns nun. Und aus diesem sicheren Versteck heraus stieß sie einen schrillen Pfiff nach dem anderen aus.

3.

Die Tragbahre war fertig. Captain Romen lag auf einem bequemen Bett aus requirierten Decken und Kissen. Seine Wunde war, so gut dies unter den Umständen möglich war, versorgt. Lieutenant Torrente war mir beim Entfernen des Pfeiles behilflich gewesen. Er tat dies mit geschickten, raschen Griffen – als wäre er nicht der Mann, den ich ihn bisher kannte, sondern einer seiner kampferprobten Vorfahren. Ich stellte keine Fragen. Wahrscheinlich wußte er nicht einmal selbst, woher ihm diese Kenntnisse auf einmal zuflossen. Viele Generationen lang hatten sie in ihm geschlummert; nun, da er sie brauchte, waren sie zur Hand.
Mein Pilot schien unter starken Schmerzen zu leiden, doch sein Bewußtsein war ungetrübt.
„Worauf warten wir, Sir?“ erkundigte er sich, während ich mit wachsender Unruhe auf die Uhr sah.
„Wir brechen sofort auf“, erwiderte ich. „Lieutenant Xuma und Sergeant Caruso erkunden lediglich, ob es

nicht noch einen anderen Weg zur Schleuse gibt als die Straße."
Captain Romen nickte.
„Verstehe, Sir. Auf der Straße könnte es das reinste Spießrutenlaufen werden. Was sind das nur für Menschen, die hier leben!"
„Keine Ahnung", erwiderte ich. „Und ich hege auch kein Verlangen danach, sie näher kennenzulernen."
Er runzelte ein wenig die Stirn.
„Ziemlich unangenehme Sache, Sir?"
„Es hat für Sie und mich schon schlimmere Situationen gegeben", antwortete ich. „Alles hängt jetzt davon ab, ob wir einen kühlen Kopf behalten."
„Nun", bemerkte Captain Romen, „Kopf hin, Kopf her – eine Pistole wäre mir fast ebenso lieb." Er brachte es trotz seiner Schmerzen fertig zu lächeln, wie er da die bunte Waffengalerie meines Haufens musterte. „Sir – man sollte es kaum glauben, daß die Steinzeit schon ein paar Jährchen zurückliegt."
Ich ging auf seinen Scherz nicht ein, denn über den Disteln sah ich einen fuchsroten Haarschopf auftauchen. Die Kundschafter kehrten zurück.
„Dann los!" sagte ich. „Wer zuletzt an Bord der *Kronos* ist, gibt einen aus."
Die vier Bahrenträger griffen zu: Lieutenant Torrente und Lieutenant Stroganow, die beiden kräftigsten, am Kopfende, Lieutenant Levy und Lieutenant Simopulos am Fußende.
„Absetzen!" sagte ich.
„Sir!" widersprach Lieutenant Levy.
„Absetzen!" wiederholte ich.
Sergeant Caruso war ganz offensichtlich auf der Flucht.

Mit überschnappender Stimme schrie er uns etwas zu – doch auf die große Entfernung hin blieb, was immer das auch war, unverständlich. Gleich darauf wurde er eingeholt von Lieutenant Xuma. Mir fiel auf, daß beide Männer sich im Laufen immer wieder umsahen. Ich selbst vermochte hinter ihnen nichts, was einem Verfolger glich, zu entdecken.
Sergeant Caruso kam herangetaumelt und brach in die Knie. Er war in Schweiß gebadet. Seine Lungen keuchten. Seine Stimme klang schrill:
„Sir ... die Straße zur Schleuse ...“
Ich wandte mich an Lieutenant Xuma. Dabei blickte ich in ein vor Entsetzen grau gewordenes Gesicht.
„Was ist los, Lieutenant? Vor wem laufen Sie davon?“
Auch Lieutenant Xuma rang nach Luft.
„Ratten, Sir.“
„Verdammt, vor ein paar Ratten läuft man nicht davon! Was ist wirklich los?“
Lieutenant Xuma kam zu sich.
„Sie scheinen nicht zu begreifen, Sir! Ein Heer von Ratten! Tausend, zweitausend, vielleicht auch zehntausend. Und alle groß wie die Hunde. Die ganze Straße ist von ihnen blockiert. Ist das ein Anblick! In der Hölle kann's nicht widerlicher sein.“
Erschöpft lehnte sich Lieutenant Xuma gegen den Pfeiler. Der Ekel würgte ihn.
Ich sah mich um. Meine vier Männer an der Bahre blieben stumm. Offenbar ging es ihnen nicht anders als mir, der ich zwischen jähem Begreifen und Ungläubigkeit schwankte.
In der Tat: Wohin hatte es uns verschlagen?
Die Luft begann auf einmal zu vibrieren. Ein hoher

schriller Ton, wie ich ihn noch nie zuvor gehört hatte, kam über die Felder gezogen und fegte meine letzten Zweifel hinweg. Er hörte sich an wie das durch Mark und Bein gehende Pfeifen einer verstimmten gigantischen Orgel. Ich brauchte nicht lange zu überlegen, um seine Bedeutung zu erraten, und im gleichen Augenblick überlief es mich kalt.
Die Armee der Ratten stieß ihren Kriegsschrei aus.
Ich zwang mich zur Ruhe.
„Nun mal der Reihe nach, Lieutenant!" sagte ich. „Die Straße, so behaupten Sie, ist von den Ratten gesperrt. Soll das heißen, daß es für uns kein Durchkommen gibt zur Schleuse?"
Lieutenant Xuma hob langsam wieder den Blick.
„Ausgeschlossen, Sir."
„Und in welche Richtung bewegt sich diese ... Rattenarmee?"
„Genau auf uns zu, Sir. Sie sollten das gesehen haben – überall wimmelt es von ihren ekelhaften Kundschaftern. Man könnte glauben, dieses Viehzeug verfügte über so etwas wie Verstand."
Ich dachte an die Ratte, die ich neben Captain Romen vorgefunden hatte. Ich hätte sie verfolgen und töten müssen. Vielleicht war auch sie ein Kundschafter gewesen – und nun, da sie das Blut gewittert hatte und unsere Schwäche kannte, war es ihr mit ihrem beharrlichen Pfeifen gelungen, die Heeresmacht zu alarmieren.
Ich überlegte.
Unversehens waren wir in eine Lage geraten, die sich nur mit einem Zweifrontenkrieg vergleichen ließ. Nun galt es abzuwägen, welche Gefahr die geringere war – jene, die uns von den pfeilbewehrten Wilden drohte, die auf

der PILGRIM 2000 ihr Unwesen trieben, oder die andere von seiten der Ratten.

Und dabei war das alles absurd, denn wir befanden uns weder im 19. Jahrhundert noch in den Dschungeln Amazoniens, sondern an Bord eines von Menschenhand konstruierten Raumschiffes; aber an den Tatsachen war nicht zu rütteln.

„Angenommen", sagte ich, „wir unternehmen den Versuch, uns den Weg zur Schleuse freizuprügeln ..."

Lieutenant Xuma schüttelte den Kopf.

„Wir würden nicht einmal eine Chance haben, Sir ... überhaupt keine Chance."

Sergeant Caruso war aufgesprungen – und nun deutete er, totenblaß, mit zitternder Hand hinaus auf die sonnenlichtüberfluteten Felder, durch die sich die Straße unseres Rückzuges wand.

„Sir ..."

„Was ist los, *maestro?*"

„Sehen Sie denn nicht ...?"

Nun sah ich es allerdings auch: die Felder waren nicht mehr die gleichen. Eine breite, graue, wimmelnde Lawine hatte sich dort in Bewegung gesetzt – und diese Lawine wälzte sich unaufhaltsam auf das Dorf zu. Die ganze Zeit über ließ sie dieses schreckliche Pfeifen vernehmen, das einem das Blut gerinnen machte.

Mein I. Bordingenieur hatte nicht übertrieben. Das war eine ganze Armee: zehntausend Ratten – oder auch das Vielfache dieser Zahl. Weder Erfahrung noch Phantasie reichten aus, um dieses Gewimmel und Gehusche zu schätzen.

Aus dem Unkraut tauchten die ersten Vorhuten auf. Lieutenant Stroganow machte zwei, drei rasche Schritte

und begann mit dem Knüppel um sich zu schlagen. Die Ratten reagierten darauf mit wütenden, lauten Pfiffen – aber da sie in der Minderheit waren, zogen sie sich zurück.
„Wir sollten uns nun bald etwas einfallen lassen, Sir!"
Ich gab den Gedanken an einen Durchbruch zur Schleuse auf. Der Rückzug zur *Kronos* war vorerst unmöglich; die Schleuse befand sich auf einmal in unerreichbarer Ferne. Eine solche Armee, wie sie sich da auf uns zubewegte, konnte man weder durchbrechen noch umgehen.
„Wie würden Sie, als Jäger, auf eine solche Situation reagieren?"
Der grauhaarige Sibriak brauchte nicht lange zu überlegen.
„Mein Großvater ist in der Taiga einmal in eine vergleichbare Lage geraten, Sir. Allerdings handelte es sich dabei nicht um Ratten, sondern um tollwütige Wölfe. Er hielt sie sich vom Leibe, indem er den Wald anzündete."
„Und das vertrieb sie?"
„Zumindest, Sir, verschaffte es ihm den nötigen Vorsprung, als er um sein Leben rannte."
Unmittelbar nach den letzten Worten hob Lieutenant Stroganow blitzschnell den Knüppel. Eine Ratte war urplötzlich aus dem Gebüsch hervorgebrochen und auf die Bahre gesprungen – und da Captain Romen abwehrend den Arm hob, hatte sie sich in seinen Ärmel verbissen. Der Knüppel sauste nieder und beförderte sie in hohem Bogen in das Gebüsch zurück. Für die Vorhut war dies das Zeichen, sich auf den Verteidiger zu stürzen. Angewidert schlug und trat Lieutenant Stroganow um sich, während die Ratten in wilden Sätzen immer wieder an ihm hochsprangen. Ich eilte ihm zu Hilfe. Mit vereinten

Kräften gelang es uns, den Angriff abzuwehren. Ein Dutzend Ratten blieb auf der Strecke, der Rest zog sich mit wütendem Gepfeife zurück. Keuchend, schweißnaß, ließ ich den Schürhaken sinken. Die Lehre, die wir soeben erhalten hatten, war unmißverständlich.

Ein Blick auf die Felder genügte, um mir das Unhaltbare unserer Lage zu verdeutlichen. Um das Feld zu räumen, blieben uns nur noch Sekunden. Gegen die anrückende Hauptmacht halfen weder Knüppel noch Schürhaken. Diese Lawine würde uns buchstäblich unter sich begraben.

In vollem Bewußtsein, daß ich die *Kronos* für die nächsten Tage oder auch Wochen aus meinen Gedanken verbannen mußte, traf ich die einzig mögliche Entscheidung:

„Stroganow, Simopulos, Levy, Torrente – Sie schaffen die Bahre mit Captain Romen hinunter zum See. Beeilen Sie sich! Wir wollen versuchen, das andere Ufer zu erreichen."

Der Befehl war erteilt; ich wirbelte herum.

„Xuma und Caruso – Sie kommen mit mir. Raffen Sie alles zusammen, was brennt. Wir legen Feuer an die Häuser."

Als meine Begleiter und ich nach schnellem, atemlosem Lauf am Seeufer anlangten, hatte Lieutenant Stroganow, der das Kommando über die abgespaltene Abteilung führte, bereits gehandelt. Die Männer hatten sich entkleidet und ihre Sachen zu handlichen Bündeln verschnürt. Die Bahre war mittels einiger rasch gebündelter trockener Hölzer in ein schwimmfähiges Floß verwandelt worden.

„Sir, wir sind so weit", verkündete Lieutenant Stroganow. „Nichts gegen ein erfrischendes Bad – aber wenn mich nicht alles täuscht, wird das ein verdammt langer Rückzug werden."
Er sprach aus, was mich, seitdem ich meine Entscheidung getroffen hatte, bewegte.
Was als kurzfristige Erkundung gedacht worden war, geriet nun zu einem verzweifelten Marsch in das Innere eines uns völlig fremden künstlichen Planeten – und niemand konnte sagen, wann und auf welchem Wege wir zur *Kronos* zurückkehren würden. Falls das überhaupt je sein würde ... Da gab es immer noch jene andere Gefahr: die der gefiederten Pfeile.
Welche Macht mochte auf der PILGRIM 2000 das Rad der Geschichte so gründlich und so gewaltsam zurückgedreht haben? Charles Herman Baldwin sprach von rund 25 000 hochzivilisierten Menschen, die vor knapp vier Generationen diese Reise angetreten hatten ...
Ein letztes Mal blickte ich zurück.
So mochte es in den Kriegen vergangener Jahrhunderte zugegangen sein.
Das Dorf stand in Flammen: eine Erinnerung an den Weltuntergang. Jedoch – die Brandstiftung erfüllte ihren Zweck. Zwischen dem See und dem Rattenheer lag das Dorf als eine rotglühende, undurchdringliche Barriere.
Ich wußte, daß all dies nur einen Aufschub bedeutete.
Früher oder später würde das Heer seine Kundschafter erneut ausschicken – und danach war es nur eine Frage der Zeit, wann und auf welche Weise das Dorf umgangen würde.
Ob die Ratten es wagen würden, ein so breites Gewässer wie diesen See zu durchschwimmen, daran hegte ich

meine Zweifel. Ein Flußlauf hätte schwerlich genügt, um sie aufzuhalten, doch eine ausgedehnte Wasserfläche wie diese mußte ihren Vormarsch zunächst stoppen. Und eine weitläufige Umgehung brauchte Zeit.
Bevor ich das Zeichen zum Aufbruch gab, sprach ich ein stummes Gebet.
Wir stürzten uns in die Fluten und begannen, mit ruhigen, gleichmäßigen Schwimmzügen dem jenseitigen Ufer zuzustreben. Die Bahre mit dem darauf gebetteten Captain Romen schoben wir vor uns her.

4.

Die Landschaft, die uns jenseits des Sees aufnahm und durch die wir in den folgenden achtundvierzig Stunden zogen, verleugnete ihre künstliche Erschaffung durch Menschenhand nur oberflächlich. Gewiß, die wild wuchernde Vegetation hatte sie in einen tropischen Dschungel verwandelt, doch ihre ursprünglichen Formen und Bestimmungen waren nach wie vor zu erkennen. Was mir auf den ersten Blick als hoher, abweisender Bergrücken erschien, war in Wirklichkeit eine terrassenförmige Anhöhe mit einer gemauerten Aussichtsgalerie, von der herab die alten Bewohner der PILGRIM 2000 ihre blühenden Plantagen und blinkenden Gewässer bewundert haben mochten. Ein elektrisch angetriebenes Motorboot und ein Paar Wasserski, die wir im Schilf gefunden hatten, ließen darauf schließen, daß alle diese Gewässer einst auch der Erholung und dem fröhlichen Sport gedient hatten. Glückliche Zeiten mußten das gewesen sein ...
Der Berg – oder die künstliche Erhöhung – war gekrönt

von einer Sternwarte. Das altertümliche Gerät war unbeschädigt. Lange stand ich dort und blickte in das Reich der Sterne jenseits der gläsernen Kuppel. Wann, so fragte ich mich, würde es mir vergönnt sein, dorthin zurückzukehren, in dieses mir so vertraute Element, um ihm mit der unvergleichlichen *Kronos* meinen Kurs zur Erde aufzuzwingen?
Die Wahrscheinlichkeit sprach dafür, daß es noch andere Schleusen gab als jene eine, durch die wir dieses gläserne Gefängnis betreten hatten. Aber wie sollten wir sie finden – ohne Karte, ohne Bauskizze, ohne den geringsten Anhaltspunkt?
Von dieser Anhöhe aus erkannte ich auch zum ersten Mal wieder die hohen, vielstöckigen Gebäude einer großen Stadt. Diese erhob sich in einiger Entfernung vom See – aber wie groß oder wie gering diese Entfernung war, ließ sich nur unzulänglich schätzen. Unter den Strahlen der schräg stehenden Sonne leuchteten die vielen Fenster wie glühende Schlünde.
Die Erfahrung, die wir mit den Einwohnern von PILGRIM 2000 gemacht hatten, ließ mich zögern, der Stadt zu nahe zu kommen. Ich zog es vor, mir die Marschrichtung von einer neuen Verästelung der Kabinenbahn geben zu lassen, deren Pfeiler und Kabel immer wieder auftauchten. Früher oder später, so hoffte ich, würde uns die Kabinenbahn zu einem weiteren Ausstieg führen.
Captain Romen war zum Glück in der Tat ein zäher Brocken. Nachdem er in der ersten Nacht einen Fieberanfall hatte, begann er sich am darauffolgenden Tag zu erholen – und bereits am frühen Nachmittag bestand er darauf, die Bahre zurückzulassen. Fortan ging auch er

zu Fuß; allerdings ließ er es zu, daß Lieutenant Stroganow und Lieutenant Xuma ihn stützten.
Lieutenant Torrente hatte mit meinem stillschweigenden Einverständnis die Führung übernommen. Mehr und mehr fiel er in die Sitten und Bräuche seiner Vorfahren, der Yaquis, zurück. Meist war er uns um einige hundert Schritt voraus – ein nahezu lautloser und unsichtbarer Schatten, der von Deckung zu Deckung huschte und dessen Aufmerksamkeit nichts entging. Doch entgegen meiner Befürchtung ließen uns die Wilden ungeschoren, und auch die Ratten tauchten vorläufig nicht auf.
An Anzeichen einer einst hochstehenden Zivilisation fehlte es auch weiterhin nicht. Immer wieder stießen wir auf fauchende Luftschächte, auf rot-, grün- und gelbgestrichene Pipelines, auf verlassene Mobile und allerlei Maschinen, deren Aufgaben nicht mehr erkennbar waren. Die Straße, der wir folgten, war schmaler als jene erste, auf die wir gestoßen waren, aber auch diese war noch in gutem Zustand und ermöglichte uns ein halbwegs rasches und bequemes Vorwärtskommen.
Um unsere Ernährung brauchten wir keine Sorge zu tragen: Wasser gab es genug, und in den Rastpausen verwöhnte uns der *maestro* mit frischen Bananen und Orangen.
Gelegentlich beklagte er sich.
„Eigentlich ist es so die reinste Vergeudung. Gewiß, man bleibt bei Kräften – aber all die kulinarischen Genüsse, auf die man in dieser Eile verzichten muß!"
Sergeant Caruso machte verträumte Augen und leckte sich die Lippen.
„Sir, können Sie sich das überhaupt vorstellen? Ein Dut-

zend Orangen, ein halbes Dutzend von diesen exquisiten Bananen, dazu eine Handvoll gehackter Nüsse…"
„… und fertig wäre ein Obstsalat à la ‚Odysseus' oder gar à la ‚Neandertal'!" vollendete grimmig Captain Romen. „Und garniert würde dieser dann, wenn Sie nicht schleunigst wieder die Beine in die Hand nehmen, *maestro,* mit gefiederten Pfeilen. Ersatzweise könnte man auch eine Fingerspitze Rattenkot darüberstreuen."
Sergeant Caruso stand auf und marschierte los, ohne den Captain auch nur einer Antwort zu würdigen. Sein uns zugekehrter Rücken drückte Verachtung aus.
Ich half Captain Romen beim Aufstehen.
„Was macht die Schulter?"
Er winkte ab.
„Hauptsache, Sir, Sie beladen sie nicht allzusehr mit Verantwortung. Solange Sie wissen, wo's langgeht, bin ich dabei."
Da Grischa Romen bisher zusätzliche Verantwortung noch nie zurückgewiesen hatte, war dies ein Eingeständnis seiner Schwäche. Er wollte uns nicht zur Last fallen: deswegen hatte er auf die Bahre verzichtet. Doch bis zur endgültigen Genesung war es ein weiter Weg.
Vor dem Dunkelwerden sorgte Lieutenant Torrente für ein Nachtquartier. In einer Gondel der Kabinenbahn, hoch über den Wipfeln der Bäume, unerreichbar für jedes Getier und durch solide Aluminiumwände gegen überraschenden Pfeilbeschuß geschützt, schliefen wir sicher wie in Abrahams Schoß. Ein dunkel gewordenes Messingschild wies darauf hin, daß die Kabinenbahn im Jahre 1991 installiert worden war. Vierzehn Jahre später, 2005, wurde sie dann noch einmal, bereits unter Weltraumbedingungen, generalüberholt. Weitere Hinweise

fehlten. Daraus ließ sich immerhin schließen, daß die Katastrophe nichts mit der kritischen Startphase zu tun hatte.
Am nächsten Morgen hatte ich einen weiteren Grund, meinen Entschluß, die *Kronos* zum Zwecke der Erkundung zu verlassen, zu verfluchen. Lieutenant Levys geschwächter Zustand bereitete Anlaß zur Sorge. Der Funkoffizier klagte über heftige Kopfschmerzen und erneut einsetzende Sehstörungen. Da die Medikamente an Bord zurückgeblieben waren, ließ sich ihm nicht helfen. Ich mußte mich damit begnügen, während des Weitermarsches ein wachsames Auge auf ihn zu haben und ihn gelegentlich aufzumuntern. Denn der Lieutenant war niedergedrückt.
„Sir, Sie haben genug mit dem Captain zu tun ... Lassen Sie mich hier irgendwo zurück. Sobald ich mich gekräftigt fühle, komme ich nach."
„Nach – wohin?"
„Nun, Sie könnten mir dann und wann einen Fingerzeig hinterlassen – über die Richtung, die Sie einschlagen."
Ich wies ihn zurecht.
„Lieutenant, Sie reden dummes Zeug. Hier wird niemand zurückgelassen. Unser Ziel ist die nächste Schleuse, und bis dahin müssen Sie sich zusammenreißen und durchhalten."
Obwohl Lieutenant Levy wieder die dunkle Brille trug, war sein Schritt stockend und unsicher.
Bald nach dem Aufbruch stießen wir auf einen – vom Dschungel fast völlig den Blicken entzogenen – ausgedehnten Gebäudekomplex. Auch er war verlassen. Eine flüchtige Inaugenscheinnahme ergab, daß wir es ganz offensichtlich mit einer pharmazeutischen Fabrik zu tun

hatten. Es gab darin eine Vielzahl von Laboratorien und Fabrikationshallen. Die zum Teil bereits abgepackten Medikamente trugen Aufschriften in altenglischer Sprache und den Datumsstempel vom 5. Mai 2006 – das war also vermutlich der Tag der rätselhaften Katastrophe. Lieutenant Torrente machte mich auf einen besonderen Trakt im Zusammenhang mit den Laboratorien aufmerksam, der aller Wahrscheinlichkeit nach der Tierhaltung gedient hatte. Die Käfige waren, obwohl aus solidem Plastik bestehend, ohne Ausnahme durchgenagt. Lieutenant Torrente stocherte darin mit einem Meßstab, den er auf dem Fußboden gefunden hatte.
„Wonach sieht das Ihrer Meinung nach aus, Sir?“
Ich besah mir, worauf er mich hinwies, aus der Nähe.
„Hm ... ich würde sagen, es handelt sich um getrockneten Rattenkot.“
Lieutenant Torrente ließ den Meßstab fallen.
„Ratten für Experimente, Sir“, sagte er. „Nun, die Viecher haben die Versuche offenbar selbst unternommen und sind jedenfalls auf und davon.“
Bislang hatte es auf die Frage, wie die Ratten, die uns so arg zu schaffen gemacht hatten, auf die PILGRIM 2000 geraten waren, keine Antwort gegeben. Die Erklärung war ebenso einfach wie einleuchtend. Die Pilger – um den ursprünglichen Bewohnern des künstlichen Planeten einen Namen zu geben – hatten selbst die Ratten mit an Bord genommen, weil die pharmazeutische Industrie darauf nicht verzichten konnte. Irgendwann, wohl im Zusammenhang mit der Katastrophe, hatten sich die Ratten selbständig gemacht, und danach war ihre Vermehrung nicht mehr zu steuern gewesen.
Irgend etwas dämmerte mir; irgend etwas in diesem Zu-

sammenhang, aber auch im Zusammenhang mit dem 20. Jahrhundert, wollte mir einfallen: die vage Vision eines von weißer Brandung umgebenen Atolls. Aber der Gedanke ließ sich nicht konkretisieren. Des Rätsels Lösung entglitt mir wieder, bevor ich es greifen konnte.
Ich nickte Lieutenant Torrente zu.
„Kommen Sie! Wir wollen keine Zeit verlieren."
Wir marschierten bis in den späten Nachmittag hinein. Fortan verzichteten wir auf alle Erkundungen, vorangetrieben von dem Verlangen, einen Ausstieg aus diesem Gefängnis zu finden.
Erneut war es Lieutenant Torrente, unser wachsamer Späher, der für eine Marschunterbrechung sorgte. Er kam, nachdem er kurz zuvor hinter einer Biegung entschwunden war, die Straße zurückgelaufen – und schon von weitem ließ seine Hast erkennen, daß etwas geschehen war.
Wir blieben stehen und ließen ihn herankommen. Er sprach mit gedämpfter Stimme.
„Menschen, Sir!"
Ich fühlte mich wie elektrisiert.
„Wilde?"
„Kann ich nicht sagen, Sir."
„Haben Sie sie gesehen?"
„Nur gehört, Sir."
„Wo?"
Lieutenant Torrente deutete voraus.
„Gleich dahinter gibt's bestellte Äcker, Sir. Und mitten drin liegt so etwas wie ein befestigtes Dorf."
„Als was würden Sie es einschätzen, Lieutenant?"
Lieutenant Torrente wiegte den Kopf.
„Schwer zu sagen, Sir. Am besten, Sie sehen's sich an."

Die vorausgegangenen Ereignisse mahnten zur Vorsicht. Einem Zusammenstoß mit einer Schar pfeilbewehrter Wilder waren wir nicht gewachsen. Mit halblauter Stimme erteilte ich die erforderlichen Befehle. Die geschlossene Formation löste sich auf. Dort, wo der Dschungel sich zu lichten begann, gingen die Männer lautlos in Deckung.

Vor mir dehnte sich eine fruchtbare Ebene.

Ich erkannte wogende Getreidefelder, übermannshohe Maisplantagen und säuberlich gehackte Kartoffeläcker. Die bestellte Fläche schätzte ich auf rund zehn Hektar – eine Zahl, aus der es sich auf eine nicht allzu große Bevölkerung schließen ließ. Die Anbaufläche war gerade groß genug, um eine kleinere dörfliche Gemeinschaft mit den notwendigsten Nahrungsmitteln zu versorgen.

Der Anblick der kultivierten Ländereien wirkte auf mich beunruhigend. Das Dorf flößte mir Angst ein. Wir hatten es in der Tat mit einer primitiven Festung zu tun. Das Dorf bestand aus einem knappen Dutzend niederer Häuser von der uns bereits bekannten Bauweise – doch im Gegensatz zu jener ersten, inzwischen in Schutt und Asche gefallenen Siedlung war diese Ansammlung von Häusern von einem silbrig schimmernden, etwa vier Meter hohen Palisadenzaun aus gewalzten Aluminiumblechen umgeben. Das Tor, das in die burgähnliche Anlage hineinführte, war verschlossen. Aus dem Dorf ließen sich Stimmen vernehmen, männliche ebenso wie weibliche. Auf die Entfernung hin blieben sie unverständlich.

Captain Romen rutschte an mich heran.

„Freund oder Feind, Sir“, murmelte er, „das ist hier, um ein abgedroschenes Zitat einmal abzuwandeln, die große Frage.“

Der Aluminiumzaun gab den Ausschlag. Die bestellten Äcker deuteten zwar auf friedfertiges Leben hin – aber an der Tatsache, daß auch die Pfeilspitzen der Wilden aus Aluminium bestanden hatten, war nicht zu rütteln.
„Wir werden darauf verzichten, dies herauszufinden, Captain“, erwiderte ich. „Geben Sie durch: Wir werden das Dorf umgehen. Die Männer sollen sich auf der Straße sammeln.“
„Aye, aye, Sir.“
Vorsichtig kroch ich zurück. Ein Teil der Besatzung war, als ich eintraf, bereits versammelt – Captain Romen und Lieutenant Torrente kamen zuletzt. Ich sah mich um.
„Wo ist Lieutenant Levy?“
Ich blickte in ratlose Gesichter. Niemand wußte über seinen Verbleib Bescheid.
Ich rannte los, zurück zum Waldrand. Dort angekommen, blieb ich stehen wie gelähmt. Meine böse Ahnung hatte sich bewahrheitet.
Lieutenant Levy traf keine Schuld. Ich hätte ihn, eingedenk seines Zustandes, bei der Hand nehmen müssen. Statt dessen hatte ich ihn sich selbst überlassen. Und nun, mehr blind als sehend wie er war, hatte er sich in der Richtung des Rückzuges geirrt.
Als ich ihn erblickte, befand er sich schon kurz vor dem Tor.
Ein Schrei hätte genügt, um ihn auf seinen Fehler aufmerksam zu machen, aber ich durfte nicht schreien.
„Lieutenant Levy!“ flüsterte ich. „Lieutenant Levy, kehren Sie sofort zurück! Sie marschieren in die falsche Richtung!“
Er hörte mich nicht.

Und um ihm nachzustürzen und ihn zurückzureißen – dazu war es zu spät.
Mit dem störrischen Eifer eines Behinderten, der nicht zugeben will, wie es um ihn steht, tat Lieutenant Levy noch ein Dutzend taumelnder Schritte, dann verfing sich sein Fuß in einer Unebenheit der Straße. Er verlor das Gleichgewicht und fiel hin.
Und im gleichen Augenblick tat sich das Tor auf.
Auf das Schlimmste gefaßt, traute ich meinen Augen nicht.
Es war eine hochgewachsene, schlanke junge Frau, die das Dorf verließ – oder, nach der Anmut ihrer Bewegungen, ein Mädchen.
Es war ein Bild von biblischer Einfachheit und Schönheit.
Das Mädchen trug ein fußlanges, wallendes Gewand aus schmucklos verarbeiteter Baumwolle; das volle schwarze Haar reichte hinab bis auf die Schultern. Die Füße steckten in geflochtenen Sandalen. In der linken Hand trug das Mädchen eine Hacke, in der rechten einen länglichen Bastkorb.
Ich sah, wie das Mädchen beim Anblick der unbeweglich liegengebliebenen Gestalt von Lieutenant Levy stutzte. Einen Atemzug lang schien es zurückweichen zu wollen – um erneut Zuflucht zu suchen in der Sicherheit des hohen Aluminiumwalles. Dann jedoch ließ es die Hacke und den Korb fallen, eilte vorwärts, und indem es neben Lieutenant Levy niederkniete, hob es mit behutsamen Händen seinen Kopf an und bettete ihn in seinem Schoß.

5.

Das Haus hätte auch irgendwo auf der Erde stehen können, in irgendeinem vergessenen Winkel, wo der Fortschritt zu kurz gekommen war. Das Mobiliar, von langjährigem Gebrauch verschlissen, wirkte ärmlich. Was dieses Haus zu einer Stätte der Rätsel stempelte, waren die Kontraste. Es enthielt eine Vielzahl von Installationen – von der Art, wie sie vor einem Jahrhundert als modern gegolten hatten; aber die Wasserhähne hatten Rost angesetzt – und das Wasser wurde von den Frauen in bunten Plastikeimern von weit her herangeschleppt. Im Hause fehlte es nicht an elektrischen Leitungen und Anschlüssen, doch die einzige Beleuchtung bestand aus einer rußenden Öllampe. Der Herd war eine offene Feuerstelle. Alles in allem ließ sich sagen: Das Haus hatte der Katastrophe des Jahres 2006 zwar standgehalten, zugleich jedoch hatte es infolge des Zusammenbruchs aller technischen Versorgungen den Charakter einer frühgeschichtlichen Kate angenommen.
Und diesem Bild entsprachen auch die Menschen, die

mich und meine Männer gastfreundlich aufgenommen hatten. Einige von ihnen, die ältesten und weisesten Männer und Frauen einer wohl halbhundertköpfigen dörflichen Gemeinschaft, waren um uns versammelt – würdige, biblisch anmutende Gestalten mit freundlichen Gesichtern und gütigen Augen. Sie alle waren in der Art des jungen Mädchens gekleidet: in lange, wallende, handgesponnene Gewänder. Ich gewann den Eindruck, daß wir es mit einer moralisch und geistig hochstehenden, in technischen Dingen jedoch völlig unerfahrenen Zivilisation zu tun hatten – und mit dieser Beurteilung behielt ich recht.
Die Verständigung wurde von Minute zu Minute besser. Die Sprache, deren sich diese Zivilisation bediente, war das gepflegte, weiche Englisch des 20. Jahrhunderts – und nachdem sich das herausgestellt hatte, kratzten wir unsere diesbezüglichen Schulkenntnisse zusammen. Anfangs hatte ich es mit *Metro* versucht, doch mit dieser synthetischen Sprache meiner Generation war ich auf völliges Nichtverstehen gestoßen.
Die Fürsorge dieser Menschen hatte anfangs unseren beiden Kranken gegolten. Von einer rundlichen Matrone waren sowohl Lieutenant Levys verbrannte Augen als auch Captain Romens verletzte Schulter behandelt worden. Beim Anblick der Pfeilwunde wiegte der alte Jeremias – inzwischen kannte ich die meisten Namen – bekümmert den Kopf.
„Schlimm“, sagte er, „sehr schlimm.“
„Was wissen Sie über diese Wilden?“ fragte ich.
Jeremias seufzte.
„Ihrer sind viele“, sagte er, „und sie werden immer dreister. Wir nennen sie die *Ratmen.*“

„Und warum das?“ forschte ich.
„Das“, erwiderte Jeremias, „ist eine lange Geschichte, und vieles von ihr ist nur Vermutung. Fest steht nur: diese Ratmen sind anders als wir. Sie haben sich mit den Ratten verbündet, sie bringen ihnen, um in Frieden gelassen zu werden, Opfergaben dar. Es sind böse Menschen – Menschen, die kämpfen, Menschen, die töten. Man muß auf der Hut sein vor ihnen.“
Lieutenant Stroganow schalte sich ein.
„Guter Mann“, sagte er, „Sie sollten etwas gegen diese Plage unternehmen. Mit diesen Ratmen muß doch fertig zu werden sein.“
Die Antwort kam aus einer anderen Ecke des Raumes. Zacharias sprach:
„In unserem Buch steht geschrieben: Du sollst nicht Gewalt üben!“
Es waren weniger diese Worte als vielmehr die unbeugsame Haltung, die aus ihnen sprach, weshalb ich aufmerksam wurde. Zacharias, jünger an Jahren als unser Gastgeber, hatte Gestik und Mimik eines Eiferers. Auch entging meiner Aufmerksamkeit nicht, daß Jeremias auf diesen Einwurf mit einer gewissen Betroffenheit reagierte – in der Art eines Menschen, der sich übergangen sieht. Offenbar war es an ihm gewesen, Lieutenant Stroganow Auskunft zu geben.
„Nun“, bemerkte ich, „Ihren Glauben in Ehren – aber zumindest mit den Ratten müßte hier gewaltig aufgeräumt werden.“
„Ach ja, die Ratten“, erwiderte Jeremias. „Auch das ist so etwas wie eine Tragödie ... Aber denken Sie jetzt zunächst an ihr leibliches Wohl.“
Ich sah mich genötigt, meine Wißbegier zu zügeln. Ju-

dith, Jeremias' Tochter – das Mädchen, das ich aus dem Tor hatte treten sehen – trug das bescheidene Mahl auf: dampfende Kartoffeln, gedünstete Maiskolben, dazu Brot in Fladen. Zu trinken gab es den Saft von Orangen.
Während meine Männer und ich aßen, erfuhren wir nach und nach mehr über die Gemeinschaft, die uns aufgenommen hatte.
Jeremias war, wie ich vermutet hatte, der Führer dieses Volkes – mit dem Titel eines „Wahrers des Wortes". Das Wort, gelegentlich auch ‚Buch' genannt, entpuppte sich freilich als eine Verkettung von Legenden, Erinnerungen und Vermutungen. Schriftliche Aufzeichnungen über das, was auf jenen schrecklichen Maitag des Jahres 2006 gefolgt war, fehlten. Niemand auf diesem künstlichen Planeten konnte lesen und schreiben. Es galt auch als überflüssig.
Jeremias berichtete:
Vor vielen Generationen hatte die PILGRIM 2000 die Erdumlaufbahn verlassen. Es war geschehen auf dem Höhepunkt eines mörderischen Krieges, der die Erde zu vernichten drohte ...
Bis zu diesem Punkt, auch wenn die Formulierung ‚vor vielen Generationen' keine exakte Datierung beinhaltete, deckte sich sein Bericht mit dem von Baldwin in der „Geschichte der Astronautik".
Dann jedoch erfuhr ich etwas, was Baldwin nicht wußte.
Offenbar – so Jeremias – hatte man unmittelbar vor dem Start nicht vermeiden können, eine Handvoll Militärs samt ihrer Ausrüstung aufzunehmen, die vor dem drohenden Untergang flohen. Das mochte unter Zwang geschehen sein, aber ebensogut aus Barmherzigkeit. Und

damit war ein Element auf die PILGRIM 2000 gekommen, wie man es dort ursprünglich nicht haben wollte – ein Element, das der Verwirklichung des angestrebten Zieles, Brüderlichkeit und Nächstenliebe, völlig entgegenstand: das Element der Zwietracht und der Gewalttätigkeit.

„Und Sie wissen nicht", fragte ich, „was das für Militärs waren?"

Jeremias breitete die Arme aus.

„Fragen Sie mich nicht. Mein Großvater erzählte davon meinem Vater, und dieser gab es weiter an mich. Er nannte diese Leute ‚Militär' – was immer dieses Wort auch bedeuten mag."

„Sie wissen nicht, was es bedeutet?" fragte ich erstaunt.

Jeremias wiegte den Kopf.

„Ich weiß es nicht. Ich will es auch nicht wissen. Wozu sollte es gut sein, sich mit dem zu beschäftigen, was uns Unheil gebracht hat?"

Ich wußte darauf nichts zu erwidern und schwieg.

Offenbar – sowohl die Namen als auch die Bräuche ließen darauf schließen – hatte ich es mit den Nachkommen ausgewanderter Quäker zu tun. Das Wissen um die Herkunft war ihnen verlorengegangen, doch gewisse fromme Überlieferungen waren ihnen verblieben.

Jeremias berichtete weiter:

An Bord der PILGRIM 2000 kam es zu einem Konflikt. Die Pilger teilten sich in zwei miteinander verfeindete Lager. Der Konflikt führte zum Kampf. Und damit kam der Tod auf das Raumschiff, das ein Paradies werden sollte.

Erneut unterbrach ich.

„Was meinen Sie damit?" fragte ich. „Sie sagten soeben:

Der Tod kam über das Land ... In welcher Gestalt kam er?"
Jeremias blickte durch mich hindurch – auf der Suche nach Antworten, die es längst nicht mehr gab.
„Niemand weiß es genau", antwortete er. „Aber es soll gewesen sein, als stürze der Himmel ein: ein großes Licht und ein hallender Donner. Dann Stille."
Lieutenant Stroganow räusperte sich.
„Sir, darf ich helfen?"
„Ich bitte darum, Lieutenant."
Der Navigator beugte sich vor; fast körperlich spürte ich seine Erregung.
„Nun – ich halte mich an die Tatsachen. Wenn man dieser Überlieferung Glauben schenken darf – und ich sehe nicht ein, weshalb man das nicht tun sollte –, hat auf der PILGRIM 2000 eine Explosion stattgefunden: Licht und Donner. Trotzdem blieb das Schiff unbeschädigt."
Ich nickte.
„So weit, so gut, Lieutenant. Und nun Ihre Schlußfolgerung!"
Lieutenant Stroganow sprach mit leiser Stimme:
„Nicht nur das Schiff selbst ging unbeschädigt aus dieser Explosion hervor. Unversehrt blieben auch die Häuser, die Fabriken, die Mobile – kurzum, die gesamte Materie. Nur der Mensch selbst, der all dies geschaffen hatte, verschwand in weiten Bereichen dieses künstlichen Planeten von der Oberfläche – ausgetilgt, ausgerottet."
Lieutenant Stroganow sah mich an – als erwarte er Zustimmung oder Widerspruch.
Ich nickte.
„Worauf wollen Sie hinaus?"
„Auf eine Waffe", sagte Lieutenant Stroganow, „wie sie

gegen Ende des vorigen Jahrhunderts – auch auf der Erde – in Gebrauch war. Sie hatte die Eigenschaft, die Materie unversehrt zu lassen, alles biologische Leben hingegen auszulöschen."
„Die Neutronenbombe!" warf Lieutenant Simopulos ein. „Aber das ist doch ein alter Hut!"
„Nicht so alt, wenn Sie sich das Jahr vor Augen führen, an dem die PILGRIM 2000 gestartet ist!" widersprach der Navigator. „Oder sind Sie, Sir, anderer Ansicht?"
„Ich glaube", antwortete ich, „Sie sind auf der richtigen Spur, Lieutenant. Allerdings, die Theorie steckt voller Ungereimtheiten. Es gibt Menschen auf der PILGRIM 2000."
Lieutenant Stroganow nickte zustimmend.
„Nachkommen von jener Handvoll Menschen, die die Explosion aus dem einen oder anderen Grund überlebt hat. Zwei gegensätzliche Kulturkreise mögen sich dann daraus entwickelt haben: diese unsere Gastgeber, ausgestattet mit dem Erbgut und dem Legendenschatz frommer Pilger – und dann die anderen, die Ratmen."
„Ihre Theorie, Stroganow", warf Lieutenant Xuma ein, „hat noch einen zweiten Haken. Sagten Sie nicht selbst: die Neutronenbombe hätte die Eigenschaft gehabt, alles biologische Leben zu vernichten? Hier jedoch haben wir es mit einer geradezu überschäumenden Vegetation zu tun."
„So ist es", gab Lieutenant Stroganow zurück. „Aber sehen Sie sich doch heute das Bikini-Atoll an! Und denken Sie an die Fotos der atomaren Verwüstung, die dort um die Mitte des vorigen Jahrhunderts angerichtet wurde. Die Vegetation kehrte zurück."

Die Vision, die ich vorhin nicht hatte konkretisieren können, stand auf einmal vor mir.
„Ich meine auch, Lieutenant Stroganow hat recht", sagte ich. „Es war die Neutronenbombe. Ich meine auch, das würde im übrigen auch erklären, weshalb die Ratten überlebten. Als einzige Lebewesen überlebten sie auch die atomaren Experimente auf dem Bikini-Atoll. Sie überlebten nicht nur – sie vermehrten sich sogar und wurden zur Plage."
Mit der Bitte, uns unser ungebührliches Benehmen nachzusehen, wandte ich mich wieder an Jeremias.
Er hatte uns zugehört, doch mir war klar, daß er weder unserer in *Metro* geführten Unterhaltung zu folgen vermochte noch daß ihm der Begriff ‚Neutronenbombe' etwas sagte.
„Wir sprachen gerade darüber, daß auf der PILGRIM 2000 zwei gegensätzliche Zivilisationen existieren. Gibt es eigentlich viele Menschen gleich Ihnen?"
Jeremias zeigte mir die leeren Hände.
„Wir sind die letzten", sagte er, „und der Tag, an dem es uns nicht mehr geben wird, ist nicht fern."
„Warum?" fragte ich. „Wodurch fühlen Sie sich bedroht?"
Jeremias wechselte, bevor er antwortete, einen Blick mit seinen Leuten.
„Sie haben die Palisaden gesehen", sagte er, „mit denen wir unser Dorf zu schützen trachten. Sie sind metertief in den Boden eingelassen. Trotzdem kommt es immer wieder vor, daß die Ratten sich durchwühlen. Aber fast schlimmer noch sind ihre Freunde, die Ratmen. Sie überfallen uns, sobald wir das Dorf verlassen, um draußen

auf den Feldern zu arbeiten. Der Himmel weiß, wie viele von uns sie schon mit sich fortgeschleppt haben..."

„Fortgeschleppt – wozu?"

Jeremias zögerte. Ein tiefer innerer Aufruhr schien ihm die Zunge zu lähmen. Schließlich sagte er:

„Die Ratmen pflegen ihre Gefangenen den Ratten zum Fraß vorzuwerfen – in einer Art Opferhandlung. Wir nehmen an, daß sie sich auf diese Weise freikaufen. Auch meine Frau Rebecca, Judiths Mutter, mußte dieses Schicksal erleiden."

Ich schwieg überwältigt.

Jeremias fuhr fort:

„Man darf die Ratten nicht unterschätzen. Sie sind schlau und skrupellos – und dabei wohlorganisiert. Früher oder später werden sie hier die Herrschaft übernehmen. Mancherlei Anzeichen lassen darauf schließen, daß sie bereits heute über eine eigene, wenngleich noch primitive Sprache verfügen. Auf jeden Fall gelingt es den Ratmen, sich mit ihnen zu verständigen."

Lieutenant Stroganow schüttelte sich.

„Und dagegen wird nichts unternommen, guter Mann?" Die Stimme des Navigators klang heiser. „Ich meine... Sie lassen das alles über sich ergehen, ohne sich zur Wehr zu setzen?"

Wieder kam die Antwort aus der anderen Ecke. Wieder war es Zacharias, der sprach:

„Das Buch sagt: Du sollst nicht widerstreben dem Bösen!"

Jeremias nickte.

„So ist unser Glaube. Alles, was wir tun können, ist dulden und beten."

Jeremias wandte sich ab.

Zacharias hob die Hand; seine Augen blickten streng.
„Es ist an der Zeit, das Thema zu wechseln. Wir haben Sie vor den Toren aufgelesen und mit Speise und Trank versorgt. Doch statt uns dafür zu danken, stellen Sie Fragen über Fragen und unterlassen nichts, um uns gegen unseren Glauben aufzubringen. Wir aber wissen nicht einmal, mit wem wir es zu tun haben."
Vorhin, als ich es unternahm, uns vorzustellen, hatte Jeremias abgewinkt. Das habe Zeit, erst sollten wir zu Kräften kommen. Nun schien dieser Augenblick gekommen zu sein. Ich sagte:
„Ich bin Commander Mark Brandis, Kommandant des Expeditionsschiffes *Kronos*. Die Männer gehören zu meiner Besatzung. Wir befinden uns auf einem Testflug und haben vor, nach dieser Zwischenlandung dorthin zurückzukehren, woher wir stammen – zur Erde."
Im Grunde war ich davon überzeugt, daß es die Dörfler längst erraten hatten: wer wir waren und woher wir kamen. Nun müßte ich feststellen, daß ich mich geirrt hatte. Das geschichtliche Bewußtsein dieser Menschen war voller Lücken. Was sich im zurückliegenden Jahrhundert jenseits ihrer schirmenden Hüllen getan hatte, war ihnen unbekannt.
Zacharias sprang auf; seine Stimme bebte vor Entrüstung:
„Im Buche heißt es: Die Erde ist ein erloschener Stern! Ihre Zivilisation ist zugrunde gegangen an der Gewalt. Wir sind die einzigen Überlebenden."
Jeremias kam mir zu Hilfe; er legte seine von harter, schwerer Arbeit geprägte Hand auf meinen Arm und sagte mit lauter, fester Stimme:
„Noch bin ich es, den man den Wahrer des Wortes nennt.

Und als solcher sage ich dir, Zacharias: Das Buch ist voller leerer Seiten. Wir blicken zurück in unsere Vergangenheit, aber unser Blick verliert sich im Nebel. Ich glaube diesen Männern. Vielleicht gibt es sie doch noch, die Erde, unsere alte, angestammte Heimat."
Zacharias verkniff den Mund, als unterdrückte er eine heftige Antwort. Mit einem kurzen Kopfnicken verabschiedete er sich und ging hinaus. Ein Mann und eine Frau, die ebenso wie die anderen nur zugehört hatten, ohne den Mund aufzumachen, tauschten miteinander einen raschen Blick, erhoben sich von ihren Plätzen und eilten ihm nach.
Die Regentschaft des alten Jeremias – begann ich zu ahnen – hatte auch ihre Widersacher.
Unser Gastgeber seufzte und stand auf.
„Ich habe noch einige Anordnungen für die Nacht zu treffen, Commander. Entschuldigen Sie mich für eine kleine Weile."
Zusammen mit Jeremias verließ auch der verbliebene Rest der Dörfler den Raum.
Ich wandte mich um.
„Wo", fragte ich, „ist der *maestro?*"
Sergeant Caruso hatte die Gesprächsrunde vorzeitig verlassen. Auf dem Tisch stand noch seine Mahlzeit: unangerührt. Ich stand auf, um nach ihm zu sehen.
Die Tür, die ich öffnete, war die falsche; sie führte in das Zimmer, in dem sich Captain Romen und Lieutenant Levy befanden.
Mein Pilot schlief – und zweifellos war dies das beste, was er tun konnte, um seine Genesung zu beschleunigen. Der Verband, den man ihm angelegt hatte, duftete nach würzigen Kräutern. Sein Puls war normal.

Lieutenant Levy blickte mir aus vereiterten Augen entgegen.
„Sir… sie ist ein Engel – ein leibhaftiger Engel!"
„Wer ist ein Engel?" fragte ich begriffsstutzig.
„Sie!" sagte Lieutenant Levy.
„Ich?"
„Nicht doch, Sir! Ich meine sie – die mich aufgelesen hat. Sie ist sanft und gütig und wunderschön. Sie ist ein Engel."
Ich unterdrückte ein Schmunzeln.
„Ihr Name ist Judith", erwiderte ich. „Und Flügel hat sie ganz gewiß nicht."
„Judith…" – so hörte ich Lieutenant Levy gerade noch flüstern, bevor ich behutsam die Tür wieder schloß.
Den *maestro* fand ich zusammen mit dem Engel in der Küche vor. Sergeant Caruso hockte, umgeben von Kräutern und Früchten, mit verzückter Miene vor der rauchenden Kochstelle und rührte eifrig in einem Topf. Dabei rezitierte er:
„Also, noch einmal, meine liebe Judith… Um eine Götterspeise à la Caruso zu bereiten, benötigt man…"

6.

Ein Tag folgte dem anderen. Eine Woche verging, ohne daß ich zum Aufbruch drängte. Wir befanden uns in Sicherheit und litten keinerlei Not. Ich konnte es mir leisten, Rücksicht zu nehmen auf Captain Romen und Lieutenant Levy. In beiden Fällen tat die Ruhe wahre Wunder. Und auch die rundliche Matrone, die mehrmals am Tage erschien, trug mit ihren Kräutern und Salben erheblich zur Beschleunigung der Genesung bei.

Captain Romens häßliche Schulterwunde verheilte mehr und mehr, und am fünften Tag unseres Aufenthaltes war er sogar in der Lage, den linken Arm zu heben, ohne dabei unter Schmerzen zu leiden.

Lieutenant Levys Sehfähigkeit war wiederhergestellt. Die Augen eiterten nicht länger, ihr Blick wurde von Tag zu Tag klarer und unternehmenslustiger.

Ich ertappte ihn bei einem Spaziergang durch das Dorf. Er war nicht allein. Judith hielt ihn bei der Hand und führte ihn.

„Oh, Lieutenant“, bemerkte ich, „wollen Sie vielleicht bei Ihrem Engel fliegen lernen?“
Lieutenant Levy wurde rot wie eine Tomate.
Ich nickte den beiden zu und machte, daß ich weiterkam, bevor er auch nur ein Wort hervorbringen konnte.
Das Dorf und seine Bewohner – knapp sechzig Männer, Frauen und Kinder – waren für mich inzwischen wohlbekannt. Ursprünglich mochten die Häuser eine Siedlung gebildet haben, die zu einer größeren landwirtschaftlichen Plantage gehörte. Inzwischen waren die technischen Installationen und Maschinen unbrauchbar geworden, und niemand unternahm auch nur den geringsten Versuch, sie wieder instand zu setzen. Den Dörflern fehlte hierzu jede Voraussetzung; sie wußten nicht einmal, welchem Zwecke alle diese Geräte einmal gedient hatten. Man lebte auf nahezu steinzeitliche Art. Die Äkker wurden mittels hölzerner, von Menschen gezogener Pflüge bestellt, deren Pflugscharen allerdings aus Aluminium bestanden, das es auf der PILGRIM 2000 in Hülle und Fülle zu geben schien. Sämtliches Werkzeug wurde im Dorf selbst von Hand hergestellt. Eine anstrengende Prozedur war das Feuermachen; zu diesem Zwecke mußte man zwei Hölzer so lange aneinanderreiben, bis sie zu glimmen begannen.
Wie ich vermutet hatte, bildeten die Dörfler eine fromme Gemeinde, die strikt nach dem Gesetz der Überlieferung lebte, ohne diese in Frage zu stellen. Was sie für ihre Existenz benötigten, lieferten ihnen die dem Dorf vorgelagerten Felder und Äcker: Nahrung und Materialien für die Kleidung. Darüber hinaus fanden sich in den angrenzenden Wäldern die verschiedensten Früchte.
Aber die Idylle war trügerisch.

Zweimal am Tag wurden die Palisaden abgegangen und, wo immer erforderlich, ausgebessert und verstärkt. Die Bedrohung war andauernd, wie eine dunkle Wolke lastete sie über dem Dorf, und jedes Verlassen der schützenden Umzäunung war mit erheblichen Gefahren verbunden. Aber alle dem Schutz dienenden Maßnahmen waren defensiver Natur; nirgendwo stieß ich auf ein Anzeichen aktiven Widerstandes.

Allmählich ging mir auf, weshalb das so war: Eine dumpfe Erinnerung an Mord und Totschlag – mithin an jene kriegerischen Ereignisse, die mit dem lakonischen Wort *Gewalt* gekennzeichnet wurden – lähmte Kopf und Arm. All diese Menschen wollten lieber Opfer sein als Kämpfer. Ihr Glaube gebot ihnen, eher unterzugehen, als sich durch Gewalttat und Kampf zu versündigen. Im Dorf fand sich nicht eine einzige Waffe.

Von Jeremias wußte ich, daß das dörfliche Leben nicht immer völlig reibungslos verlief. Auch diese Menschen waren eben nur Menschen – mit allen in ihnen schlummernden Instinkten und Leidenschaften. Es hatte Fälle gegeben, daß Männer und Frauen gegen die Regel verstießen: indem sie sich an fremdem Besitz vergriffen, indem sie die Ehe brachen oder gar, um zu töten, die Hand erhoben gegen ihren Nächsten. Die einzige Strafe, die sie traf, war die: ausgeschlossen zu werden aus der Gemeinschaft. Man begleitete sie bis zum Tor und überließ sie dort ihrem Schicksal.

Jeremias sagte: „Heute sind das unsere erbittertsten Feinde – jene, die es am meisten zu fürchten gilt. Sie alle sind von den Ratmen mit offenen Armen aufgenommen worden."

Ich legte dem alten Mann beide Hände auf die Schultern.

„Jeremias“, sagte ich eindringlich, „so kann man doch auf die Dauer nicht leben. Man muß sich zur Wehr setzen.“
Jeremias seufzte schwer.
„Ich weiß, Commander, daß man das Buch auch in diesem Sinne auslegen kann. Das Wort, das ich wahre und hüte, ist vieldeutig und reich an Bildern. Aber niemand wird, wenn ich solches ausspreche, mir Gehör schenken. Ich muß Rücksicht nehmen auf die Strenggläubigen wie Zacharias, oder unsere Gemeinschaft fällt auseinander.“
„An Ihrer Stelle“, entgegnete ich, „würde ich das Buch noch einmal befragen. Es gibt darin eine Seite, in der die Rede ist vom gerechten Kampf. David widersetzte sich Goliath.“
Jeremias schüttelte den Kopf; seine Augen blickten müde.
„Ich kenne weder David noch Goliath. Ich weiß nur, daß die Stunde, um meine Gedanken laut werden zu lassen, noch nicht gekommen ist.“
Am Tag darauf gab es Alarm: drei, vier Hämmer schlugen dröhnend gegen die Palisaden. Ich stürzte aus dem Haus.
Eine Schar Ratmen hatte sich dem Dorf genähert. Die Pfeile, die sie abschossen, richteten zum Glück keinen Schaden an. Die Ratmen zogen sich bald darauf wieder zurück. Zum ersten Mal hatte ich sie zu Gesicht bekommen: langmähnige, zottige, nur mit einem Lendenschurz bekleidete Gestalten mit einer absonderlich hüpfenden Laufweise.
Jeremias war in großer Sorge. Er gab Anweisung, die Arbeit auf den Feldern einzustellen. Das Risiko, das Dorf zu verlassen, war zu groß.

In der folgenden Nacht dröhnten erneut die Hämmer. Diesmal war es einem Dutzend Ratten gelungen, sich unter den Palisaden durchzuwühlen, und nun huschten sie flink und dreist im Dorf umher. Ich mußte meine Männer zusammentrommeln, um die Eindringlinge zu vertreiben. Aber nun nisteten sie sich draußen auf den Feldern ein. Pausenlos erklangen ihre schrillen Pfiffe.
Jeremias sagte: „Die Anzeichen sprechen dafür, daß eine neue Plage über uns kommt. Die Ratten werden die Felder kahlfressen – und in den Wäldern werden die Ratmen auf unsere Sammler lauern."
Da ich für ihn keinen Trost wußte, schwieg ich.
Für mich waren diese Signale ein Anlaß, den Aufbruch ins Auge zu fassen. Mochte das Dorf auch noch einmal der Plage standhalten – so wie seine Bewohner lebten und dachten, waren sie dem Untergang geweiht. Am Nachmittag beriet ich mich mit meiner Besatzung.
In mir reifte ein Plan heran, aber noch zögerte ich, ihn Jeremias gegenüber zur Sprache zu bringen. Erst wollte ich mich vergewissern, daß er sich auch verwirklichen ließ.
„Sergeant Caruso, wie ist es auf der *Kronos* um die Verpflegung bestellt? Angenommen, wir müßten achtundfünfzig zusätzliche Esser an Bord nehmen..."
Sergeant Caruso klappte den Mund zweimal auf und zu, bevor er hervorbrachte:
„Sir, Sie haben doch nicht etwa vor..."
Ich nickte.
„Genau das, was Ihnen die Sprache verschlägt, ist meine Absicht."
Sergeant Caruso schnellte hoch.

„Also, Sir, das ist kein Problem. Ich habe schon darüber nachgedacht. Mit der Verpflegung würden wir schon irgendwie hinkommen – vorausgesetzt, daß wir uns hier gehörig eindecken. Und alles weitere können Sie dann getrost meine Sorge sein lassen, Sir."
Ich wandte mich an Lieutenant Xuma.
„Und nun die Frage – wie und wo bringen wir die Leute unter? Sehen Sie da Schwierigkeiten?"
Lieutenant Xuma überlegte nicht lange. Auch er mußte sich mit dieser Frage bereits beschäftigt haben.
„Man könnte ihnen die Messe und das Hospital zur Verfügung stellen, Sir, dazu, falls wir uns enger betten, die Hälfte unserer Kammern. Es dürfte ein wenig eng werden – aber jede Reise nimmt schließlich einmal ein Ende."
Zum ersten Mal, seitdem ich Lieutenant Levy kannte, lag über seinem strengen, verschlossenen Gesicht ein Strahlen.
„Judith und ihr Vater", sagte er, „können meine Kammer haben. Mir macht es nichts aus, in irgendeiner Ecke zu schlafen."
Später fing mich Lieutenant Levy ab.
„Sir", sagte er, „ich möchte Ihnen die Hand drücken. Ich glaubte schon, ich müßte den Verstand verlieren vor lauter Angst und Sorge darum, was nach unserem Abmarsch aus Judith werden würde."
„Nun", scherzte ich, um seine Rührung zu dämpfen, „wir werden Ihrem Engel gemeinsam das Fliegen schon beibringen."
Zunächst jedoch galt es, die Leute zu überzeugen, und da es in dem Dorf zwei Strömungen gab, war dies alles andere als einfach. Die meisten Einwohner waren zwar

treue Anhänger ihres angestammten Führers Jeremias, aber daneben gab es etliche, die unter dem Einfluß von Zacharias standen.
Zunächst besprach ich, was mir in den Sinn gekommen war, mit unserem Gastgeber unter vier Augen.
„Jeremias“, sagte ich, „Ihr Volk und wir – das heißt meine Männer und ich – haben den gleichen Ursprung. Alles, was uns voneinander trennt, sind die verschiedenartigen Entwicklungen. Die Pilger – Ihre Vorfahren also – haben vor einem knappen Jahrhundert die Erde verlassen. Aber das Paradies, das sie unter den Sternen zu verwirklichen hofften, ist unter ihren Händen zur Hölle geraten. Dieses Dorf ist eine bedrohte Oase – morgen schon kann diese untergehen. Wir anderen sind auf der Erde geblieben und haben uns von dort aus Schritt für Schritt die Planeten erobert. Nun will ich nicht behaupten, daß die Erde zum Paradies geworden sei. Auch dort gibt es Probleme. Aber es ist immerhin die Erde, die – wie Sie, Jeremias, am ersten Abend sagten – angestammte Heimat.“
Jeremias lauschte, ohne mich zu unterbrechen. Seine Augen ließen mich wissen, daß er bereits ahnte, worauf ich hinauswollte.
„Ich mache Ihnen einen Vorschlag, Jeremias“, fuhr ich fort. „Falls Sie und Ihre Leute sich bereit finden, das Dorf und die PILGRIM 2000 zu verlassen, werde ich Sie mit uns heimführen zur Erde.“
Ich verstummte und wartete ab.
Jeremias schwieg lange.
Schließlich blickte er auf.
„Das Buch enthält kein Wort, das gegen die Heimkehr spräche. Das Buch sagt, die Erde sei ein toter Stern,

aber Sie sind der Beweis dafür, daß das Buch in diesem Punkte irrt. Ich werde mit meinen Leuten reden. Wir werden ihren Vorschlag beraten und darüber abstimmen. Ich danke Ihnen für Ihre Fürsorge und Güte."
Ich dachte an die Gefahr, die wuchs und wuchs. Mit den Ratmen hatte ich zu wenig Erfahrung, um die Bedrohung, die sie darstellten, richtig einzuschätzen, aber mit den Ratten kannte ich mich aus. Zuerst kamen ihre Späher und Kundschafter – und irgendwo im Hintergrund sammelte sich bestimmt die riesige Heeresmacht.
„Lassen Sie nicht allzuviel Zeit verstreichen, Jeremias!" bat ich. „In spätestens zwei, drei Tagen müssen wir aufbrechen."
Jeremias reichte mir beide Hände.
„Noch in dieser Nacht wird die Entscheidung fallen, Commander."
Beratung und Abstimmung fanden statt, ohne daß wir zugegen sein durften. Nur von weitem hörten wir Jeremias' ruhige, gemessene Rede, die immer wieder unterbrochen wurde durch eifernde Zurufe aus Zacharias' Munde.
Es begann hell zu werden, als Jeremias zu uns zurückkehrte, erschöpft und glücklich zugleich. Er trat heran und sagte schlicht:
„Zacharias hat sich nicht durchgesetzt. Er wurde überstimmt. Die Leute sind bereit, ihr Schicksal in Ihre Hand zu legen, Commander."
Ich vernahm das befreite Aufatmen der Männer.
Jeremias hatte noch etwas auf dem Herzen.
„Zacharias", sagte er, „hat mir aufgetragen, Ihnen eine Frage zu stellen. Das ist seine Bedingung. Er läßt fragen: Was erwarten Sie von uns dafür, daß Sie uns helfen?"

„Nichts“, erwiderte ich aufrichtig. „Oder doch nur das eine, was Sie nichts kostet: daß Sie uns den Weg zeigen zur nächsten Schleuse.“
Ein trüber Schleier legte sich über Jeremias' Augen. „Wir kennen keine Wege, Commander“, sagte er. „Unsere Welt ist das Dorf. Nur die Ratmen kennen sich im Unland aus – und die können wir nicht fragen.“

7.

Hatte ich mir zu viel vorgenommen – mehr, als ich guten Gewissens verantworten konnte? Jedenfalls war unser Geschick unlösbar an die Zukunft dieser Leute gebunden.
Eine Sache war es, eine in vielen Gefahren kampferprobte Besatzung durch das Innere eines künstlichen Planeten zu führen, eine andere mußte es sein, den Exodus der letzten Pilger zu leiten, ohne daß es dabei zu Pannen kam.
Nach wie vor fehlte es uns an Hinweisen auf die Bauweise der PILGRIM 2000. Alle Vernunftgründe sprachen zwar dafür, daß sie mit mehr als nur jener einen Schleuse ausgestattet sein mußte, durch die wir gekommen waren; so mußte es zwangsläufig andere, größere Schleusen geben, durch die das ganze technische Inventar an Bord genommen worden war; es mußten Schleusen vorhanden sein für Techniker, Maschinisten und Inspekteure. Aber wo immer all diese Schleusen sich auch befinden mochten – ich wußte es nicht.

Mir war es gelungen, die Leute zum Verlassen der PILGRIM 2000 zu überreden – nun aber, unmittelbar vor dem Tag des Aufbruchs, hatte ich keine Ahnung, in welche Richtung ich sie führen sollte.
Ich beschloß, dem Aufbruch eine Erkundung vorausgehen zu lassen.
Meine Absicht war es, der Kabinenbahn zu folgen, denn irgendwohin mußte diese schließlich führen: zu einem Knotenpunkt oder gar zu einer Endstation. Unterwegs würde ich die Augen offenhalten. Die Schleusen waren mit dem zusammengebrochenen Stromnetz gekoppelt. Schon das Auffinden eines Verteilerschlüssels mußte uns weiterhelfen.
Lieutenant Levy bot sich an, mich zu begleiten.
„Sir", sagte er, „ich möchte nicht, daß Sie den Eindruck gewinnen, daß ich mich vordränge. Aber ich meine, daß ich, weil mir Judith ... sehr viel bedeutet, mehr als jeder andere von meinen Kameraden, zu dieser Erkundung verpflichtet bin."
Ruhig, aber bestimmt wies ich ihn zurück.
„Sie werden noch mehr als ein Mal Gelegenheit finden, sich für Judith und ihre Leute einzusetzen. Für das jedoch, was ich zu tun beabsichtige, ist Lieutenant Torrente der geeignetere Mann."
Im Morgengrauen brachen wir auf.
Jeremias begleitete uns bis zum Tor.
„Der Himmel möge Sie schützen!" sagte er.
Auch Zacharias ließ sich blicken. Mißbilligend musterte er unsere Bewaffnung, doch er unterließ es, seine Kritik laut werden zu lassen.
Ich trug auch diesmal wieder den alten Schürhaken; er lag gut in der Hand und war im Nahkampf eine nicht zu

unterschätzende Waffe. Lieutenant Torrente hatte sich aus Aluminiumblech ein Messer gefertigt. Eigentlich war es mehr als ein Messer: eine Kreuzung aus arabischem Krummdolch und einem Römerschwert. An einem Baum probierte er das Messer aus. Plötzlich, mit einer raschen, geschmeidigen Bewegung, hob er den Arm. Das Messer zischte durch die Luft. Zitternd blieb es im Stamm stecken. Lieutenant Torrente nickte befriedigt.
Wir umgingen das Dorf, erreichten die Kabinenbahn und begannen dieser zu folgen. Nach einigen Kilometern überquerte die Bahn die Straße und führte in den Dschungel hinein. Wir kamen überein, ihr zu folgen – in der Hoffnung, auf diese Weise den Marsch abzukürzen.
Es war heiß, die Luft schwül. Wir kamen nur langsam voran, zumal wir darauf achten mußten, jedes unnötige Geräusch zu vermeiden. Es war schwer zu sagen, ob wir verfolgt wurden. Die Ratmen mochten überall und nirgends sein. Wir befanden uns in ihrem Bereich, dem Unland, wie es Jeremias genannt hatte, und mit unliebsamen Überraschungen war jederzeit zu rechnen.
Um die Mittagszeit legten wir eine kurze Rast ein. Lieutenant Torrente klopfte den Boden ab, bevor wir lagerten. Er hörte sich hohl an. Wahrscheinlich rasteten wir über einem unterirdischen Depot, es mochte aber auch sein, daß wir auf einen Energiestrang gestoßen waren. Nachdem wir uns gestärkt hatten, brachen wir erneut auf.
Gelegentlich, wenn der Dschungel zu dicht wurde, verloren wir die Kabinenbahn aus den Augen, doch mit untrüglichem Instinkt fand Lieutenant Torrente immer wieder zu ihr zurück.

Am späten Nachmittag erreichten wir eine beklemmende Landschaft.
Die ursprünglich betonierte Plattform war geborsten und bestand nun aus einem Dickicht aus allerlei Dorngestrüpp. In ihrem Mittelpunkt erhob sich ein schwarzer Kubus: ein nukleares Kraftwerk. Lieutenant Torrente überprüfte das Erdreich. Die Strahlung war schwach und bildete, sofern man sich ihr nicht für längere Zeit aussetzte, keine Gefahr.
„Das Kraftwerk wird uns nicht klüger machen. Aber zu jedem Kraftwerk gehören Büro- und Verwaltungsräume. Vielleicht gibt es dort Pläne."
Lieutenant Torrente hob ein wenig die Hand – und ich begriff. Irgend etwas beunruhigte ihn. Lautlos bewegte er sich von mir fort,verschwand – und kehrte nach einer Weile ebenso lautlos zurück.
Ich sah ihn fragend an.
Er zuckte mit den Schultern.
„Ich muß mich getäuscht haben, Sir. Vorhin war mir, als hätte ich etwas gehört."
Nachdem wir noch einige Minuten abgewartet hatten, ohne etwas Feindliches zu entdecken, setzten wir vorsichtig unseren Weg fort. Die Dornen zerrten an den Kleidern und rissen Hände und Gesichter blutig.

Der Bürotrakt war ein ebenerdiges längliches Gebäude mit mehreren Eingängen. Früher einmal hatten sich diese bei Bedarf automatisch geöffnet und geschlossen; nun, da die Stromversorgung zusammengebrochen war, widerstanden sie jedem Versuch eines Öffnens von Hand. Das Kraftwerk schien nicht mehr in Betrieb zu sein; offenbar stand es in keinem Zusammenhang mit den fau-

chenden Luftschächten. Auch das war eine Entdeckung, doch ließ sich daraus leider nichts für uns Wissenswertes entnehmen.
Erst nachdem wir uns, durch das Gestrüpp behindert, um das Gebäude herumgearbeitet hatten, stießen wir schließlich auf eine Tür, die nur angelehnt war. In den Angeln nistete der Rost. Lieutenant Torrente zwängte eine Schulter in den Spalt und stemmte sich gegen die Wand. Knarrend schwang die Tür auf.
Wir traten ein.
Dumpfe, schwere Luft empfing uns; in den Räumen roch es nach Moder und nach Verfall. Und noch ein anderer Geruch war da – scharf und durchdringend. Ich atmete ihn ein, doch ich wußte ihn nicht zu deuten. Durch beschlagene Fenster fiel grünliches, unwirklich anmutendes Licht und überzog unsere Gesichter mit leichenhafter Blässe. Der Anhauch eines Schauderns wehte mich an. Eine unfaßbare Drohung schien in dieser Stille zu nisten: nicht zu sehen und nicht zu hören. Auch Lieutenant Torrente schien diese Drohung zu spüren, denn er wandte mir sein Gesicht zu, als warte er auf meine Entscheidung.
Ich sagte: „Wir wissen, wonach wir zu suchen haben. Fangen wir an.“
Lieutenant Torrente warf einen Blick auf die Uhr und nickte.
„Aye, aye, Sir.“
Wir trennten uns. Die Räume, die vom Gang, auf dem wir uns befanden, abzweigten, waren gekennzeichnet. Eine der Türen trug die Aufschrift ARCHIV. Ich probierte die Klinke. Die Tür ließ sich aufdrücken.
Ich starrte auf einen Ort der Verwüstung.

Jemand war mir zuvorgekommen.
Die Schränke waren aufgebrochen und umgestürzt, die Regale geplündert. Auf dem Fußboden lag verstreutes Papier: Pläne, Zeichnungen, Berechnungen.
Ich kauerte mich nieder und begann die Papiere zu sichten, aber schon nach wenigen Minuten war ich davon überzeugt, daß das, wonach ich Ausschau hielt, nicht dabei war. Ich hatte es zu tun mit Konstruktionsplänen des Reaktors.
Ich richtete mich auf und untersuchte die Regale. Ein paar Briefordner waren zurückgeblieben. Der letzte Brief stammte vom 5. Mai 2006. Im übrigen aber herrschte gähnende Leere.
Enttäuscht lehnte ich mich gegen die Wand und dachte nach.
In dieser Plünderung erkannte ich keinen Sinn. Ich stand vor einem Rätsel.
„Sir …"
Ich blickte auf.
Lieutenant Torrente stand vor der Tür. Er winkte. Der Ausdruck seines Gesichtes verhieß nichts Gutes.
„Was gibt's, Lieutenant?"
„Ich bin da auf was gestoßen, Sir."
„Bringt es uns weiter?"
„Zumindest, Sir, werden Sie erfahren, was aus den Plänen geworden ist."
Lieutenant Torrente ging voraus; ich folgte ihm. Wir betraten den ehemaligen Konferenzsaal. Nach zwei oder drei Schritten blieb ich betroffen stehen – und diesmal war es mehr als nur der Anhauch eines Schauderns, was ich verspürte. Ein Frösteln überkam mich.
Für das, was ich empfand, fehlt jeder Vergleich. Gewiß,

auch die Konquistadoren waren, als sie die Neue Welt unterwarfen, auf schauderhafte Kultstätten gestoßen – doch immerhin waren sie Menschen einer Zeit gewesen, in der einsetzende Aufklärung und barbarischer Aberglaube miteinander rangen. Ihre Gemüter waren durch Folterungen und Hexenverbrennungen abgestumpft. Ich jedoch kam von den Sternen – der Abgesandte einer Zivilisation, in der Nüchternheit und Vernunft herrschten. Für alles, so hatte ich gelernt, gab es eine Erklärung. Die Welt – mit dieser Überzeugung war ich aufgewachsen und auch noch an diesen Start gegangen – wurde von erkennbaren und vernünftigen Gesetzen geleitet. Wer sie erforschte und anwendete, unterwarf sich den Kosmos.
Ich wäre weniger entsetzt gewesen, hätte ich nicht gewußt, daß die PILGRIM 2000, als sie die Erdumlaufbahn verließ, eine blühende Zivilisation beherbergte.
Nun aber sah ich: Die Neutronenbombe hatte ganze Arbeit geleistet.
Eine Handvoll frommer Pilger war zurückgeblieben – aber das war wohl nur reiner Zufall.
Im übrigen hatte die Neutronenbombe das Rad der Geschichte um Hunderttausende von Umdrehungen zurückgedreht. Aus Feuer und Strahlung war, abgeschnitten von allen Erfahrungen und Erinnerungen, eine neue Rasse hervorgegangen: ebenso primitiv wie grausam.
In der Mitte des Konferenzsaales erhob sich ein riesiger Scheiterhaufen. Ich starrte auf die Asche. Der größte Teil davon bestand aus den Resten von verkohltem Papier.

Lieutenant Torrente hatte sich gebückt; nun reichte er mir ein angesengtes Blatt.
Ich entzifferte die Aufschrift:

HAUPTVERTEILERPL

Der Plan selbst war zum Opfer der Flammen geworden. Allmählich begann ich – allem inneren Widerstreben zum Trotz – zu begreifen, welchem Zwecke dieser Scheiterhaufen diente. In die Asche eingeprägt waren die Abdrücke nackter Füße. Hier war getanzt und geopfert worden: in Form einer schwarzen Messe. Die Wand hinter dem Scheiterhaufen wurde beherrscht von einer primitiv behauenen hölzernen Säule. Dämonische Masken grinsten mich an: die stilisierte Darstellung von Ratten. Und nun, da ich diese Symbole enträtselte, ging mir auch auf, wonach es in diesen Büroräumen am meisten roch. Es roch nach Ratten. Der Fußboden war bedeckt mit ihrem Auswurf.
Der Anblick freilich, der mir nahezu das Blut gerinnen ließ, bot sich am Fuß der Säule. Einen halben Meter hoch oder noch höher türmte sich dort menschliches Gebein.
„Eine Kultstätte der Ratmen, Sir." Torrentes Stimme klang gepreßt. „Scheint, daß sie sich hier mit den Ratten zu treffen pflegen, um ihnen ihre Opfer darzubringen ..."
Lieutenant Torrente wischte sich den Schweiß aus der Stirn. „Sir, ich benötige dringend frische Luft!"
Ich nickte stumm; auch mir hatte es die Sprache verschlagen; auch ich kämpfte mit der Übelkeit.
Im Dorf wartete man sehnsüchtig auf unsere Rückkehr. Wie jedoch standen wir nach dieser Erkundung da? Wir wußten nichts über das System der Schleusen. Nur eines stand fest: jedes längere Verweilen in diesem zur Hölle entarteten Paradies mußte verhängnisvoll sein. Wenn wir

zumindest Waffen besessen hätten, um uns gegen die Übermacht vorzeitlicher Kräfte zu wehren!
Mit Lieutenant Torrente eilte ich ins Freie. Die Luft, die ich dort atmete – mochte sie auch heiß und feucht sein wie die der Tropen – war das reinste Labsal. Gierig füllte ich mir die Lungen.
Ich hätte besser daran getan, auf der Hut zu sein.
„Sir!"
Noch bevor ich den warnenden Zuruf beachten konnte, hatte Lieutenant Torrente gehandelt. Er sprang mich an und brachte mich zu Fall. Wir rollten in die Dornbüsche.
Noch während wir fielen, vernahm ich jenes tödliche Schwirren.
Der Pfeil hatte mich knapp verfehlt und sich in einen Baumstamm gebohrt; der gefiederte Schaft zitterte noch.
Lieutenant Torrente, wachsam wie immer, hatte mir das Leben gerettet.
Vorsichtig hob ich den Kopf.
In den Büschen und zwischen den Bäumen blieb alles still. Doch das besagte nichts. Die Ratmen warteten lediglich ab. Noch begnügten sie sich damit, ihre Beute zu belauern – aber irgendwann würden sie aus dem Unterholz hervorbrechen, um ihr den Garaus zu machen. Bis dahin mochten noch lange Stunden vergehen; ebenso konnte es im nächsten Augenblick eintreten.
„Haben Sie eine Ahnung, wo die Burschen stecken?"
„Ich sah nur eine flüchtige Bewegung, Sir."
Die Ratmen waren listenreiche Buschkrieger – und wahre Meister in der Kunst des Schleichens.
„Hier können wir nicht bleiben, Lieutenant. Früher oder später fallen sie über uns her."

Lieutenant Torrente nickte.
„Wir könnten versuchen durchzubrechen – aber ich glaube nicht, daß wir weit kommen würden, Sir."
„Keine zehn Schritt!" bestätigte ich. „Wir werden uns wohl oder übel im Bürohaus verschanzen müssen. Der Eingang ist leicht zu verteidigen."
Lieutenant Torrente machte schmale Augen.
„Sir", gab er zu bedenken, „das Bürohaus ist die reinste Rattenfalle. Wenn die Burschen es auf eine Belagerung ankommen lassen, sind wir darin festgenagelt."
„Besser festgenagelt als tot", gab ich zurück. „Auf jeden Fall gewinnen wir auf diese Weise Zeit für den nächsten Schritt. Kommen Sie!"
Ich sprang auf und rannte in das Gebäude zurück. Lieutenant Torrente folgte mir.
Hinter uns erhob sich wildes Geschrei. Zwei, drei Pfeile schlugen gegen die Wand, ohne uns zu treffen. Wir zogen die Tür zu. Sie klemmte.
Auch mit vereinter Anstrengung blieb es unmöglich, sie völlig zu schließen. Immerhin bot sie Schutz vor den Pfeilen, und wer immer versuchen sollte, durch sie in das Gebäude einzudringen, mußte mit meinem Schürhaken rechnen.

Eine gute Stunde verrann, ohne daß sich draußen etwas regte. Wir befanden uns zwar vorerst in Sicherheit, dafür jedoch hatten wir unsere Bewegungsfreiheit eingebüßt. Zwei, drei Tage lang mochten wir es, wenn wir abwechselnd wachten oder schliefen, auf diese Weise aushalten, doch schließlich mußten Hunger und Durst uns hinaustreiben. Die Ratmen wußten dies; sie brauchten nur faul im Schatten zu liegen und abzuwarten.

Lieutenant Torrente hatte geschwiegen; nun räusperte er sich und bemerkte:
„Sir, ich glaube, wir sollten etwas unternehmen, bevor es dunkel wird. Es sind nur ein paar Mann."
Auch ich war zu der Überzeugung gelangt, daß wir handeln mußten, bevor sich die Gewichte vollends zu unseren Ungunsten verschoben. Die Frage war nur: wie? Ich war Testpilot; unter den Sternen kannte ich mich aus; doch noch nie in meinem Leben hatte ich es zu tun gehabt mit dem Gesetz der Vorzeit.
„Mir wäre wohler", gab ich zurück, „wenn ich mindestens wüßte, wo diese Burschen stecken."
„Ich werde mich darum kümmern, Sir."
„Auf keinen Fall. Wenn jemand den Kopf hier heraussteckt, dann werde ich das sein."
Als Commander war ich verantwortlich, und wenn es darum ging, die Haut zu Markte zu tragen, hatte ich der erste zu sein. So hatte ich es gelernt, und so hatte ich es ein Leben lang getan.
Lieutenant Torrente ließ sich nicht beirren.
„Sir", widersprach er, „Sie sind ein hervorragender Commander – unter den Sternen. Ihre Aufgabe besteht darin, die *Kronos* heimzuführen zur Erde. Das hier jedoch ist ... Indianerarbeit."
Wirklich, er hatte recht. Hier galten andere Regeln, galt nicht der Rang, sondern der bessere Mann.
Inzwischen hatte ich Lieutenant Torrentes verborgene Fähigkeiten kennen- und schätzengelernt. Für eine Patrouille wie diese war er ohne Zweifel der richtige Späher.
„Was haben Sie vor, Lieutenant?"
Er zeigte mir die blinkenden Zähne.

„Ich werde es mit einem alten Yaquitrick versuchen, Sir. Wetten, daß die Burschen davon keine Ahnung haben?“
Er huschte davon. Als er zu mir zurückkehrte, trug er ein zusammengerolltes Telefonkabel in der Hand.
„Sir“, sagte er, „ich muß diesen Ausgang benutzen – aber Sie müssen mir dabei helfen. Schlagen Sie ein paar Scheiben ein, machen Sie Lärm! Hauptsache, Sie lenken die Aufmerksamkeit dieser Burschen von mir ab.“
„Und danach?“
Lieutenant Torrente wog das schwere Messer in der Hand. „Ich kenne die Zukunft nicht, Sir. Aber wir müssen zurück zu unsern Leuten.“
Ich rannte ins Archiv, ergriff einen Büroschemel und machte mich an das Zertrümmern der Fenster. Das Glas war dick und widerstandsfähig. Eine Weile war ich damit beschäftigt. Es machte einen Höllenlärm.
Als ich mich unterbrach, brauchte ich nicht lange zu warten: Von irgendwoher ertönte Lieutenant Torrentes Stimme.
„Das reicht, Sir. Sie können ’rauskommen.“
Lieutenant Torrente stand winkend im Dickicht.
„Zwei Mann!“ sagte er. „Wir haben nichts mehr zu fürchten, Sir.“
Zwischen ihm und unseren Belagerern war es zum Kampf gekommen. Viel Zeit und Gelegenheit, sich zur Wehr zu setzen, war ihnen dabei offenbar nicht verblieben. Wie immer dieser alte Yaquitrick auch beschaffen sein mochte – Tatsache war, daß Lieutenant Torrente unversehrt vor mir stand. Mein Blick folgte seiner Handbewegung:
Einer der beiden unheimlichen Burschen lag tot in einer

Blutlache im Gebüsch; der andere jedoch baumelte kopfunter, mit gefletschten Zähnen und wütenden Augen, zwischen zwei Bäumen – gefangen in einer Schlinge des Telefonkabels.
Ich betrachtete ihn. Zwischen ihm und dem anderen Burschen gab es deutliche Unterschiede. Der tote Ratman war klein, gedrungen und zottig – mit niederer Stirn und wulstigem Kinn. Dieser jedoch war hochgewachsen und hatte blaue Augen. Er wirkte wie ein Mensch, der früher einmal andere Zeiten gesehen hatte, bevor er sich der Verwahrlosung überließ.
Lieutenant Torrente stieß ihn an und brachte ihn ins Schaukeln – und zog gleich darauf, als der Bursche nach ihm schnappte, die Hand zurück.
„Das ist kein Spiel, Lieutenant!"
„Ich spiele nicht, Sir. Wir brauchen einen Wegweiser. Darum habe ich ihn verschont. Wir sollten ihn mitnehmen und den Pilgern vorführen. Vielleicht können sich die mit ihm verständigen."

Als wir am nächsten Vormittag in das Dorf zurückkehrten, begann der Ratman, nachdem er uns zuvor ohne großes Widerstreben gefolgt war, auf einmal wie wild an seinen Fesseln zu zerren.
Lieutenant Torrente zog die Schlinge enger und schleifte ihn unbarmherzig durch das Tor.
Jeremias eilte uns an der Spitze der Dörfler, gefolgt von meinen Männern, entgegen – und nie werde ich die tiefe Trauer in seiner Stimme vergessen, als er den Gefangenen ansprach:
„Melchior! ... Melchior, was ist nur aus dir geworden!"

8.

Jeremias berichtete:
Vor sechs oder sieben Jahren hatte ein Pilger im Streit um eine Frau einen anderen Pilger erschlagen. Ihm war die übliche Strafe auferlegt worden – die einzige, die sich über ihn verhängen ließ. Man hatte ihn bis zum Tor geführt und ausgestoßen. Aber seine Spur verlor sich nicht alsbald – wie die so mancher anderer. Immer wieder war er in der näheren Umgebung aufgetaucht, im Zustand immer stärker werdender Verwilderung, und jedesmal war seinem Auftauchen ein Überfall der Ratmen gefolgt. Der Mann war offenbar zu einer Art Kundschafter unter den Ratmen geworden. Sein Name war Melchior.
Und eben diesen Melchior hatte Lieutenant Torrente gefangengenommen.
Mein erster Eindruck war also richtig gewesen. Unser Gefangener war kein gebürtiger Ratman. Er entstammte dem Geschlecht der Pilger.
Ich ließ mir diese ungewöhnliche Situation durch den Kopf gehen – und mehr und mehr gelangte ich dabei zu

der Überzeugung, daß Lieutenant Torrente eine goldene Hand bewiesen hatte.
„Jeremias", sagte ich, „noch immer wissen wir nicht, wie wir zur *Kronos* zurückkehren sollen. Der Weg, auf dem wir gekommen sind, ist zu gefährlich. Und Sie können uns nicht raten. Wohl aber könnte Melchior – falls es gelänge, ihn dafür zu gewinnen – uns führen."
Jeremias wiegte den Kopf; ich spürte seine Zweifel.
„Er ist ein schlechter Mensch, Commander. Ich hätte Angst, mich ihm anzuvertrauen. Er würde uns in die Irre führen – zu den Ratmen oder gar zu den Ratten selbst."
Das war ein Gesichtspunkt, den ich selbst schon erwogen hatte.
„Ich glaube", erwiderte ich, „es gäbe einen Weg, um diesen Melchior in die Gemeinschaft zurückzuführen – in die Gemeinschaft, zu der er letztlich gehört, obwohl er von ihr ausgestoßen wurde. Nur benötigt man dazu viel innere Kraft und Überwindung."
Jeremias hob leicht die rechte Hand. Er hatte begriffen.
„Sie erwarten sehr viel von uns, Commander. Sie erwarten, daß wir ihm verzeihen – und daß wir alles vergessen, was er uns angetan hat: all die blutigen Überfälle, all die verschleppten Frauen und Kinder ..."
Ich schwieg. Nach einer Weile erst fuhr ich behutsam fort:
„Es muß sein, Jeremias. Wir brauchen diesen Mann. – und wir brauchen ihn zum Freund. Falls er wirklich ein Kundschafter der Ratmen war, kennt er im Unland jeden Weg und Winkel. Er kann uns helfen, die nächste Schleuse zu finden, und er kann uns Wege führen, die sicher sind."
Jeremias erhob sich.

„Wir werden darüber beraten, Commander.“
Zwei Stunden später löste ich eigenhändig Melchiors Fesseln, ohne mich durch Lieutenant Torrentes düsteres Gesicht beirren zu lassen. Ein wahres Freudenfest brach im Dorf aus. Melchior wurde von den Pilgern ergriffen – und dann begann eine gründliche Reinigung. Er wurde gewaschen und geschrubbt und zu guter Letzt mit einem frischen Gewand versehen. Danach war unser Gefangener nicht mehr wiederzuerkennen. Er war ein stattlicher Mann mittleren Alters – mit kraftvoller Haltung und stolzem Gesicht.
Ich sprach ihn an.
„Hat Jeremias Sie wissen lassen, mit welcher Bedingung Ihre Begnadigung verbunden ist?“
Melchior neigte langsam den Kopf. „Er hat.“
„Und sind Sie bereit, diese Auflage zu erfüllen? Es muß Schleusen geben, die aus der PILGRIM 2000 hinausführen zu den Landedecks. Was darunter zu verstehen ist, werden wir Ihnen später erklären. Wichtig ist für mich vorerst nur die Antwort: Können Sie uns führen? Und werden Sie es tun?“
Zum zweiten Mal neigte Melchior den Kopf.
„Ich bin bereit.“
Ich wandte mich an Jeremias.
„Dann“, sagte ich laut, „brechen wir morgen auf.“
Ich begab mich zurück zu meinen Männern. Mein Weg führte an Zacharias vorüber. Er stand ein wenig abseits und hatte meinem Gespräch mit Melchior gelauscht, ohne einzugreifen. Nun bemerkte er:
„Das Buch sagt: Wer die Hand erhebt wider seinen Nächsten, soll verstoßen sein ... Commander, Sie stehen im Begriff, einen großen Fehler zu begehen.“

Ich ging nicht darauf ein. Zacharias war ein Eiferer. Und überdies – die Entscheidung war gefallen.
„Jeremias“, erwiderte ich, „denkt anders darüber.“
Den Männern – vornehmlich jedoch Captain Romen und Lieutenant Levy – riet ich an, noch einmal ausgiebig zu ruhen. Vor uns lag ein anstrengender Marsch von mehreren Tagen.
Danach zog ich mich zurück, um einige Bänder zu besprechen: für den Fall, daß ich den Marsch nicht überleben sollte. Ich hörte erst auf, als der Helm – über ein anderes Diktiergerät verfügte ich nicht – zu drücken begann.
Mittlerweile war es Abend geworden. Erleuchtete Fenster verrieten, daß in den Häusern die Öllampen brannten – zum letzten Mal. Ich dachte an die große, unerhörte Umstellung, die auf die Pilger wartete. Wie würden sie sich unter gänzlich anderen Lebensbedingungen auf der Erde zurechtfinden? Im nördlichen Kanada gab es ein stillgelegtes Versuchsgelände der VEGA – fernab von allen menschlichen Siedlungen. Vielleicht konnten sie dort siedeln und einen neuen Anfang wagen.
Als ich, um etwas kühlere Luft zu atmen, hinaustrat vor die Tür, erkannte ich auf dem Platz zwei Gestalten. Zwischen ihnen schien ein Streit ausgebrochen zu sein. Melchior sprach auf Judith ein, und Judith wich Schritt um Schritt vor ihm zurück.
Auf einmal streckte Melchior, scheinbar spielerisch, eine Hand aus, und seine Finger schlossen sich um Judiths Handgelenk.
Judith schrie auf.
Von irgendwoher kam Lieutenant Levy gerannt.
Auch ich setzte mich in Bewegung.

Als ich zur Stelle war, hatte Melchior das Mädchen bereits losgelassen. Er und Lieutenant Levy standen sich gegenüber, und ich hörte meinen Funkoffizier mit gefährlich ruhiger, kalter Stimme sagen:
„Tun Sie das, was Sie da eben getan haben, nie wieder... nie wieder!"
Offener Streit, das war das letzte, was wir jetzt brauchen konnten. Darum sagte ich:
„Lieutenant, ich bin sicher, Sie mißverstehen die Situation. Melchior hat sich einen Scherz herausgenommen. Kein Grund, um gleich aus der Haut zu fahren... Ich habe doch recht, Melchior? War es ein Scherz?"
Melchiors Blick wanderte von Lieutenant Levy zu mir herüber und wurde demütig.
„Es war ein Scherz, Commander", erwiderte er. „Ich wollte niemanden erschrecken. Ich bitte um Verzeihung."
Später, als ich mit Lieutenant Levy noch einmal zusammentraf, sprach dieser mich an: „Sir ..."
„Was kann ich für Sie tun, Lieutenant?"
Lieutenant Levy deutete mit einem Kopfnicken hinüber zum Brunnen, an dem eine reglose Gestalt lehnte: Melchior.
„Was halten Sie von ihm, Sir?"
„Er weiß den Weg", entgegnete ich. „Nur das ist wichtig."
„Ich traue ihm nicht, Sir", sagte Lieutenant Levy. „Den ganzen Nachmittag über schon hat er Judith nicht aus den Augen gelassen."
„Und deshalb mißtrauen Sie ihm?"
„Es liegt etwas in seinem Blick, Sir", sagte Lieutenant Levy, „und das flößt mir Angst ein."

9.

Als die Sonne aufging, brachen wir auf.
So ähnlich mochte sich in biblischer Zeit der Aufbruch der Kinder Israels vollzogen haben – auf ihrem Marsch in das gelobte Land.
Das Tor schwang auf, um nie wieder geschlossen zu werden. Zurück blieb ein verlassenes Dorf. Ich wandte mich nicht um.
Melchior und ich gingen voraus, gefolgt von Lieutenant Torrente und Lieutenant Stroganow. Dahinter kamen die Pilger: Männer, Frauen und Kinder. Die Säuglinge wurden von ihren Müttern getragen. Die Nachhut bestand aus den übrigen fünf Männern der *Kronos*.
Zu meiner Überraschung schlug Melchior anfangs die Richtung ein, aus der meine Männer und ich gekommen waren, doch schon bald wich er davon ab. Eine abzweigende Straße, die unserer Aufmerksamkeit damals entgangen war und auch diesmal wieder entgangen wäre, nahm uns auf. Melchior drückte lediglich ein paar Sträucher zur Seite. An der Kreuzung waren im Augenblick

der Katastrophe Reparaturarbeiten im Gange gewesen. Der Belag war aufgerissen. Das erklärte die üppige Vegetation an dieser Stelle. Auch ein Wegweiser war vorhanden. Die Inschrift lautete PILGRIMVILLE; die Entfernungsangabe ließ sich nicht mehr entziffern.
Fortan marschierten wir in die Richtung, in der ich die gleißenden Fensterfronten und Türme der Stadt wußte.
Bald darauf kam es zu einem Zwischenfall, der mich allerdings in meiner Überzeugung bestärkte, in Melchior einen guten und zuverlässigen Führer gefunden zu haben.
Lieutenant Torrente sagte:
„Haben Sie's schon bemerkt, Sir? Wir haben Besuch bekommen ..."
Auch ich hatte die Ratten erspäht, die unsere Marschkolonne mit einigem seitlichen Abstand verfolgten: drei oder vier auf der einen Seite, drei oder vier auf der anderen. Der Abstand zu ihnen mochte eine halbe Steinwurfweite betragen – nur gab es auf diesem künstlichen Planeten keine handlichen Steine.
„Man sollte sie zur Strecke bringen, Sir – bevor sie uns das ganze Heer auf den Hals hetzen."
Lieutenant Torrente löste bereits sein Messer vom Gürtel.
Melchior machte eine abwehrende Bewegung.
„Nicht, Lieutenant!" sagte er. „Sie würden sie doch nicht alle erwischen. Überlassen Sie das mir."
„Und was", fragte ich, „haben Sie vor?"
Melchior bedachte mich mit einem verschleierten Blick.
„Sie kennen meine Vergangenheit, Commander. Warten Sie's ab!"

Er blieb stehen, steckte sich einen Finger in den Mund und stieß einen schrillen Pfiff aus.
Etwas Absonderliches geschah: Aus den Büschen heraus kam Antwort.
Melchior sagte:
„Die Ratten kennen mich. Ich werde ihnen jetzt klarmachen, daß es hier nichts für sie zu holen gibt.“
Wieder steckte er sich den Finger in den Mund – diesmal, um eine Serie von Pfiffen in verschiedenen Tonhöhen auszustoßen.
Die Ratten, eben noch dreist und zudringlich, zogen sich daraufhin zurück.
Melchior wandte sich an mich.
„Wir werden jetzt Ruhe haben vor ihnen, Commander. Sie können nicht ahnen, daß ich den Ratmen den Rücken gekehrt habe. Es ist mir gelungen, sie zu überzeugen.“
Lieutenant Torrente machte, als wir den Marsch wieder aufnahmen, ein steinernes Gesicht. Mir entging nicht, daß er unseren Führer keine Sekunde lang aus den Augen ließ – und daß seine Hand unverwandt auf dem Griff des Messers ruhte. Offenbar traute er Melchior ebensowenig wie Lieutenant Levy.
Indes gab Melchiors Betragen auch weiterhin keinen Grund zu Mißtrauen. Er war ein umsichtiger, erfahrener Führer, der jeden Weg und jeden Steg kannte. Mal marschierten wir über breite, befestigte Straßen, mal folgten wir ihm über verwachsene Pfade.
Die Ratten zeigten sich nicht wieder, und auch von den Ratmen ließ sich keiner blicken.
Verwilderte Felder und Plantagen und tropisch anmutende, undurchdringliche Waldstücke wechselten miteinander ab. An Hinterhalten, wären die Ratmen zur Stelle

gewesen, hätte es gewiß nicht gefehlt – doch das Schwirren der Pfeile, das ich so sehr befürchtete, blieb aus. Melchior, daraufhin von mir angesprochen, erklärte nur, daß er über die Bewegungen der Ratmen im Bilde sei und daß so, wie er uns führe, keine Gefahr bestünde. Gelegentlich schien er sich für einen Umweg zu entscheiden, mochte dieser auch beschwerlich sein. Wir überquerten auf rostigen Brücken grundlos anmutende Kanäle und stille, schwarze Gewässer, und gingen ohne Aufenthalt vorüber an verlassenen Dörfern und Gehöften.
Gegen Abend erreichten wir einen größeren Verkehrsknotenpunkt; im Schnittpunkt von drei Straßen trafen zwei Kabinenbahnen aufeinander und vereinigten sich zu einem gemeinsam weiterlaufenden Strang. Unmittelbar daneben erhob sich ein mehrstöckiger Gebäudekomplex.
Melchior hob die Hand:
„Hier bleiben wir über Nacht.“
Das Gebäude erwies sich als ehemaliges Aluminiumwerk. Die Walzen, wenngleich vom Rost befallen, machten durchweg einen recht gut erhaltenen Eindruck – als ob es nur eines Knopfdruckes bedürfte, um sie wieder zum Leben zu erwecken. Auf dem Hof türmten sich die bereits fertiggestellten Bleche – eine Erklärung für die Aluminiumkultur, die auf diesem künstlichen Planeten vorherrschte. Daneben stand ein Dutzend sechs- und achträdriger Lastwagen.
Lieutenant Xuma untersuchte sie.
„Ziemlich einfach, aber sonst ganz zweckmäßig“, erklärte er im Anschluß daran. „Elektrischer Antrieb. Wenn es uns nur irgendwie gelänge, die Batterien wieder aufzuladen, Sir ...“

Es blieb bei dem Wunsch. Wir mußten auf die Lastwagen verzichten. Alle Energieleitungen waren tot.
In den leerstehenden Wohnungen der Arbeiter und Techniker, die zur Fabrik gehört hatten, richteten wir uns ein. Die Pilgerfrauen fanden ein paar Besen und fegten den Rattenkot zusammen, der allenthalben die Fußböden und zum Teil auch das Mobiliar bedeckte.
Vor dem Abendessen sprach Jeremias.
„Dem Himmel, der uns eine neue Hoffnung bescherte, sei Dank. Und Dank sei auch unserem Bruder Melchior, der zurückgefunden hat in die Gemeinschaft. Er ist uns ein guter und treuer Führer gewesen."
Während Jeremias sprach, blickte ich hinüber zu Zacharias. Dieser kniff unwillig die Lippen aufeinander.
Das Mahl bestand aus Früchten und Wasser.
Bevor wir uns zur Ruhe begaben, teilte ich, von Melchior unbemerkt, die Wachen ein.
Die Nacht verlief ruhig.
Als es hell wurde, setzten wir den Weg fort.
Gegen Mittag stießen wir auf ein ausgedehntes Sumpfgelände, das von der Kabinenbahn überspannt wurde. Dahinter erhob sich, ein Metropolis unter den Sternen, die Stadt: Pilgrimville. Sie anzuschauen war erregend und deprimierend zugleich. Mit all ihren terrassenförmig aufsteigenden Häusern, mit ihren stumpfen Türmen und mit ihren spiegelnden Fassaden war sie nichts als eine leere Hülle. Der Bruchteil einer Sekunde hatte genügt, um sie leerzubrennen.
Der Sumpf war jüngeren Datums. Er war entstanden aus dem der Stadt vorgelagerten Wasserreservoir: einem rechteckigen, mehrere Quadratkilometer großen See. Die alten Konturen ließen sich noch deutlich erkennen.

Die Kabinenbahn wies erhebliche Beschädigungen auf. Lieutenant Stroganow, der sich gebückt hatte, reichte mir wortlos eine Handvoll verbrannter Erde. Wir befanden uns im Zentrum der stattgefundenen Explosion.
Auch Melchior war stehengeblieben. Er deutete auf Pilgrimville.
„Wir werden den direkten Weg nehmen, Commander. Es würde Tage dauern, den Sumpf zu umgehen. Und es wäre auch nicht ratsam."

10.

Als wir den Sumpf hinter uns gebracht hatten, war es Abend. Mit untrüglichem Ortssinn hatte uns Melchior über die verschlammten und überwucherten, dem Blick verdeckten Konstruktionen der Brücken und betonierten Grate geführt, die das Becken in verschiedenen Himmelsrichtungen überspannten. Ohne ihn hätten wir niemals hindurchgefunden.
Meine Zuversicht wuchs. Die Wahrscheinlichkeit, in Pilgrimville, dem einstigen Zentrum der PILGRIM 2000, eine Schleuse, wenn nicht gar die größte und wichtigste zu finden, war groß. Meine Vermutung ging dahin, daß sie sich auf der dem gläsernen Himmel abgewandten Seite der Stadt befand – gewissermaßen unter unseren Füßen. Irgendwo in dieser Stadt mußte es einen Schacht geben, der die Verbindung herstellte zum zentralen Landedeck. Der gleichen Ansicht war auch meine Besatzung. Ich spürte ihre gehobene Stimmung. Wir waren kurz vor dem Ziel. Das Ende der Gefangenschaft zeichnete sich ab.

Sobald wir die Schleuse gefunden hatten, plante ich meine Besatzung aufzuteilen. Lieutenant Stroganow, Lieutenant Xuma und ich würden auf der Oberfläche des Planeten, unter den erschwerten Bedingungen des Weltraumes, den Marsch zur *Kronos* antreten. Die anderen Männer sollten bis zur stattgefundenen Überführung des Schiffes bei den Pilgern bleiben.
Pilgrimville empfing uns als steingewordener Alptraum, als eine gigantische Totenstadt. Der Geist, der sie erschaffen und beseelt hatte, war erloschen. Geblieben waren Stahl, Beton, Kunststoff und Glas, nichts weiter.
In Pilgrimville hatte es Straßen und Plätze gegeben. Inzwischen hatte sich darin der Dschungel breitgemacht – und wäre nicht Melchior gewesen, der uns führte, wir hätten uns in dem Gewirr schmaler Pfade, die den Dschungel teilten, kaum zurechtgefunden.
Von weitem war mir Pilgrimville als eine Art Manhattan erschienen, als ein zusammenhängendes Gebilde von Wohnungen, Einkaufszentren und Versorgungseinrichtungen. Nun jedoch mußte ich erfahren, daß man sich zwischen all diesen Gebäuden verirren konnte.
Der Umstand, daß im Dschungel Pfade existierten, beunruhigte mich. Ich sprach Melchior daraufhin an; er lachte:
„Fürchten Sie noch immer einen Hinterhalt, Commander? Die Ratmen kommen nur selten hierher.“
Lieutenant Torrente hatte zugehört und geschwiegen. Ein paar Minuten später nahm er mich unauffällig beiseite und wies wortlos auf eine kleine Lichtung. Das Gras war niedergetreten. Das war noch nicht lange her.

Kurz bevor die Dunkelheit lautlos wie eine gewaltige schwarze Fledermaus über uns herfiel, erreichten wir unser Nachtquartier.
Bis zum letzten Augenblick hatte ich das kuppelförmige Gebäude nicht bemerkt. Erst als Melchior ein paar Zweige beiseitebog, sah ich den Eingang. Das gläserne Portal war geborsten. Das Glas knirschte unter den Stiefeln.
Es dauerte eine Weile, bis ich begriff, wohin es uns verschlagen hatte.
Es war das Theater von Pilgrimville – stummer Zeuge einer untergegangenen Kultur. Auf der Bühne standen noch die Requisiten. Hier hatten bis zuletzt – bis der Knopfdruck eines Wahnsinnigen die Vernichtung auslöste – die alten Pilger die gleichen Spiele erlebt, die sie von unserer gemeinsamen Erde mitgebracht hatten. Diese Vorstellung hatte etwas Ergreifendes.
Melchior mißdeutete mein Schweigen. Er sagte entschuldigend:
„Es ist spät, Commander, und man muß nehmen, was sich bietet."
Ich erhob keinen Einspruch. Ein Nachtlager war wie das andere – sofern es nur Sicherheit bot. Statt einer Antwort nahm ich den Helm von der Schulter, klemmte ihn mir unter den linken Arm und schaltete den Scheinwerfer ein. Der Lichtschein wanderte über den Fußboden. Dieser war sauber. Die sonst üblichen Rattenexkremente fehlten. Melchior begriff, wonach ich Ausschau hielt, und sagte:
„Sie können beruhigt sein, Commander. Die Ratten meiden diesen Platz."
Es war nur eine Behauptung. Ich brauchte die Erklärung.

Ich fragte:
„Und aus welchem Grund?"
Melchior zeigte ein schwaches Lächeln.
„Deshalb, Commander. Passen Sie auf!" Wie am Tage zuvor steckte er einen Finger in den Mund und stieß einen Pfiff aus. Ich zuckte zusammen. Die Akustik des Saales gab dem Pfiff die Gewalt einer Posaune. So und nicht anders mußte es sich angehört haben, als Jerichos Mauern einstürzten. „Die Ratten, Commander, haben ein empfindliches Gehör. Sie fühlen sich hier nicht wohl."
Nachdem ich mich davon vergewissert hatte, daß auch die Garderoben sauber waren, kehrte ich zu Jeremias zurück.
„Melchior hat recht", sagte ich. „Wir sollten hier lagern."
Jeremias neigte zustimmend den Kopf.
„Es ist gut, Commander. Die Leute werden zufrieden sein. Sie sind todmüde vom langen Marsch, vor allem die Frauen und Kinder."
Wenig später gingen Lieutenant Levy und Judith von Raum zu Raum, um die wenigen mitgeführten Öllampen zu verteilen. Ihre Schatten huschten vor ihnen her wie ruhelose Seelen.
Bevor ich mich ausstreckte, teilte ich auch diesmal wieder die Wachen ein:
„Erste Wache – Lieutenant Torrente; zweite Wache – Lieutenant Xuma; die dritte Wache übernehme ich."

Der Schrei einer Frau in höchster Todesangst jagte mich hoch. Ich fand meinen Helm und ließ den Scheinwerfer aufleuchten. Neben mir erhoben sich meine Männer.

„Was ist passiert, Sir?“ fragte Lieutenant Torrente.
„Wir werden es feststellen“, erwiderte ich. „Wer hat die Wache?“
„Lieutenant Simopulos noch immer, Sir.“
„Und wo steckt er?“
„Als ich ihn verließ, drehte er seine Runden im Foyer – dort, wo jeder vorbeimuß.“
Ich zeigte Ruhe und Beherrschung. In Wirklichkeit verging ich vor Angst und Sorge. So fest konnte kein Wachtposten schlafen, daß ihm nicht auch dieser Schrei durch Mark und Bein gegangen wäre.
„Lieutenant Torrente – kommen Sie mit!“
Lieutenant Torrente und ich stürzten ins Foyer. Dort verlangsamte sich mein Schritt immer mehr, bis ich schließlich stehenblieb und mich nicht mehr rührte. Es war anders, als es im allgemeinen geschildert wird: kein Keulenschlag, kein brutaler Schreck, kein lähmendes Entsetzen. Es war lediglich ein trauriges Begreifen; es war das durch keine Hoffnung und durch keinerlei Trost gemilderte Zurkenntnisnehmen, daß es für mich und Lieutenant Simopulos keine gemeinsamen Flüge unter den Sternen mehr geben würde.
Mein Radarcontroller war tot. Er lag auf dem Fußboden, und aus seiner durchbissenen Kehle sprudelte das Blut.
Im Treppenhaus tauchte eine flackernde Öllampe auf. In ihrem Lichtschein erkannte ich Lieutenant Levy.
„Sir!“
„Später, Lieutenant!“
Lieutenant Levy ließ sich nicht abweisen; offenbar hatte er noch nicht bemerkt, was sich zugetragen hatte. Von meinem Scheinwerfer geblendet, barg er seine Augen unter der Hand.

„Sir, um Himmels willen, haben Sie Judith gesehen?“
Etwas im Klang seiner Stimme beunruhigte mich aufs äußerste.
„Was ist mit Judith, Lieutenant?“
„Ihr Vater sucht sie. Er kann sie nicht finden. Er sagt, er hätte sie schreien gehört. Auch Melchior ist verschwunden.“
Das war es. Die Erklärung war ganz einfach. Nichts Übernatürliches hatte sich zugetragen. Zacharias, der Eiferer, hatte es kommen sehen – Zacharias mit seinem Gerede. In diesem Fall hatte das Buch die Wahrheit gesprochen – nur waren meine Ohren taub gewesen. Melchior war zu den Ratmen zurückgekehrt – und Judith, auf die er schon zuvor ein Auge geworfen hatte, war von ihm entführt worden. Lieutenant Simopulos mußte versucht haben, ihn aufzuhalten. Er war ihm nicht gewachsen gewesen, oder aber er hatte sich täuschen lassen.
Ich bewegte den Scheinwerfer – und sein Lichtschein fiel auf den Toten.
Lieutenant Levy schluckte. Er sagte:
„Oh, mein Gott!“

Fünf Minuten später war, was ich vermutete, Gewißheit: Melchior und Judith befanden sich nicht mehr im Theater. Wir alle waren Opfer eines gewissenlosen Verrats geworden. Von Anfang an, so mußte ich nun vermuten, hatte es Melchior darauf angelegt, uns zu täuschen. Als ich mit Jeremias darüber sprach, wandte er sich wortlos ab. Ihm Trost zuzusprechen blieb mir keine Zeit, denn ich wurde gerufen, um Lieutenant Levy davon abzuhalten, in die Nacht hinauszustürzen.
„Nehmen Sie Vernunft an, Lieutenant!“ sagte ich.

„Überlegen Sie doch – wie weit würden Sie wohl kommen, bei Nacht, im Dschungel?“
Lieutenant Levy schrie mich an:
„Sie haben ihm getraut, Sir! Sie haben mir nicht geglaubt, als ich Sie vor Melchior warnte! Und jetzt erwarten Sie von mir, daß ich ihn ... mit Judith ... einfach gehen lasse? Sir, ich liebe dieses Mädchen!“
Ich legte ihm eine Hand auf die Schulter.
„Lieutenant“, sagte ich, „hören Sie zu. Sobald es hell wird, nehmen wir die Verfolgung auf – Sie, ich und Lieutenant Torrcntc. Drci Mann. Dic andcrcn müsscn zum Schutz der Pilger zurückbleiben. Lieutenant Torrente wird uns führen – und damit haben wir bereits ein As im Ärmel. Melchior ist ein verwilderter Pilger – in Lieutenant Torrentes Adern jedoch fließt echtes Yaquiblut. Er hat schon einmal bewiesen, daß er Melchior und diesen Ratmen gewachsen ist. Wir werden auch diesmal Erfolg haben.“
Meine Worte taten ihre erhoffte Wirkung: Allmählich wurde Lieutenant Levy ruhiger.
„Sie haben recht, Sir“, sagte er. „Tragen Sie mir, bitte, nichts nach.“
Er war ruhiger geworden – aber ich spürte, wie die Angst um Judith ihn auch weiterhin um den Verstand zu bringen drohte. Er sah ein, daß wir nicht umhin konnten, bis zum Tagesanbruch zu warten – doch dann, sobald wir aufbrachen, mochte es längst zu spät sein.
An Schlaf war nicht zu denken.
Ich teilte Jeremias mit, was ich beschlossen hatte. Er versuchte, mir die Hände zu küssen; ich konnte sie ihm gerade noch entziehen.
„Der Himmel sei mit Ihnen, Commander!“ sagte er.

„Judith ist mein einziges Kind. Ich verlor bereits Ihre Mutter, meine geliebte Frau..."
Wir durchstöberten das Theater in allen Räumen, doch meine Hoffnung, dort auf brauchbare Waffen zu stoßen, erfüllte sich nicht. Abgesehen von ein paar alten Schwertern und Säbeln fand sich nichts, was des Mitnehmens wert gewesen wäre. Zu den altertümlichen Schußwaffen – Gewehren, Revolvern und Maschinenpistolen – fehlte die scharfe Munition.
Ich tauschte den Schürhaken, der mich bis hierher begleitet hatte, gegen eine mexikanische Machete ein. Diese lag gut in der Hand und war eine weitaus bessere Waffe als jeder Degen, womit ich ohnehin nicht umzugehen wußte. Lieutenant Levy entschied sich für ein Römerschwert. Und Lieutenant Torrente wählte nach sorgfältiger Überlegung einen kaukasischen Dolch: lang, schmal und rasiermesserscharf.
Im Foyer warteten wir dann, nachdem wir den toten Radarcontroller mit einem brokatgewirkten Tuch zugedeckt hatten, auf die Dämmerung des Morgens.
Irgend etwas, was ich nie für möglich gehalten hatte, ging mit mir vor – eine geheimnisvolle Verwandlung zurück zum Primitiven. Ich spürte ein wildes, unbändiges Verlangen zu verfolgen, zu töten, zu rächen. Dieser künstliche Planet vergiftete die Seele.

Lieutenant Torrente ging voraus: mit den langsamen, gesammelten Bewegungen des Spurenlesers. Dann und wann, mit einem stummen Heben der Hand oder mit einem knappen Wenden des Kopfes, machte er uns aufmerksam auf einen Hinweis, der sowohl Lieutenant Levys als auch meiner Aufmerksamkeit entgangen wäre.

Die Spuren, die Melchior und Judith hinterlassen hatten, führten stadteinwärts.
Zwei Stunden mochten seit unserem Aufbruch vergangen sein, als Lieutenant Torrente uns bedeutete, auf ihn zu warten. Lautlos glitt er davon und kehrte erst nach etlichen Minuten zurück.
„Der Rattenkopf", verkündete Lieutenant Torrente grimmig, „hat plötzlich ein komisches Heimweh bekommen..."
Er bückte sich und hob ein paar Erdkrümel auf. Er zerrieb sie zwischen den Fingern und nickte befriedigt.
„Hier ist er 'rein!" sagte er.
Wir betraten die Schule von Pilgrimville.
Die Gefahr eines Hinterhaltes zwang uns zur Vorsicht. Wir bewegten uns dicht an der Wand entlang, die Waffen hieb- und stichbereit in der Hand. Die Klassenzimmer waren leer und verlassen; auf den Tischen lagen vergilbte Hefte und Bücher. Auf einer Tafel leuchtete gespenstisch die von der Zeit noch nicht getilgte Kreideschrift, wahrscheinlich das Aufsatzthema, wie es den Jungen und Mädchen an jenem unseligen 5. Mai 2006 gestellt worden war: *Warum wir Pilger einen Neubeginn im Kosmos gewagt haben?* Die Antwort war nicht mehr gegeben worden. In der Luft lag der strenge, übelkeiterregende Geruch von Rattenkot.
Wir erreichten einen Kreuzgang, und Lieutenant Torrente blieb stehen. Er wirkte ratlos.
„Ich glaube nicht", sagte er, „daß der Rattenkopf sich hier aufgehalten hat. Wahrscheinlich benutzte er die Schule lediglich als Abkürzung. Die Frage ist nur – auf welchem Wege hat er sie wieder verlassen? Da gibt es ein Dutzend Möglichkeiten."

Wir trennten uns, um die verschiedenen Ausgänge zu überprüfen.
Die Durchsuchung kostete uns eine kostbare Viertelstunde. Schließlich war es Lieutenant Levy, der auf den entscheidenden Hinweis stieß. Wir hörten sein lautes Rufen und stürzten zu ihm hin. Er schwenkte aufgeregt eine weibliche Sandale. Der Bast war gerissen: die Sandale mußte Judith vom Fuß geglitten sein.
„Wo haben Sie sie gefunden, Levy?" fragte Lieutenant Torrente.
„Ein Stockwerk tiefer", erwiderte Lieutenant Levy. „Dort gibt es einen Ausgang, der direkt ins Unterholz führt."
Lieutenant Torrente schnalzte mit der Zunge.
„Der Rattenkopf wird unvorsichtig. Er glaubt sich schon in Sicherheit. Aber das Lachen wird ihm noch vergehen."
Wir hatten die Spur wiedergefunden, und nachdem wir die Schule verlassen hatten, war es für den II. Bordingenieur der *Kronos* ein leichtes, ihr zu folgen. Melchior hatte sich keine Mühe mehr gegeben, sie zu verwischen. Geknickte Äste und niedergetrampeltes Gras verrieten, wohin er sich gewandt hatte. Die Spur bewegte sich in einem spitzen Winkel auf die Kabinenbahn zu, lief eine Weile neben dieser her und endete schließlich auf einer betonierten Rampe.
Wir blieben stehen und sahen uns um. Lieutenant Torrente sog schnaubend die Luft ein.
„Rauch!" verkündete er. „Der Rattenkopf hat sich häuslich niedergelassen. Nun, wir werden ihm etwas Abwechslung bringen in das traute Heim."
Mein Blick schweifte über das Gelände. Der Beton hatte dem Dschungel Grenzen gesetzt. Die Anlage war gut er-

halten – und es bedurfte keiner Phantasie, um zu erraten, welche Bedeutung sie gehabt hatte. Wir befanden uns vor einer Endstation der Kabinenbahn. An dieser Stelle endete die lange Galerie der Pfeiler, die den künstlichen Planeten wie ein Spinnennetz überspannte. Das Laufband selbst führte weiter; es neigte sich und mündete ein in ein unterirdisches Gewölbe, in dem sich, wie ich vermutete, die Remise befand: Sammelpunkt und Werkstatt für die Gondeln. Auf halber Strecke, bereits im Schatten, war eine Gondel arretiert geblieben; eine daran angelehnte Leiter verriet, daß an ihr gearbeitet worden war. Der Rauch quoll aus dem unterirdischen Gewölbe hervor.

Lieutenant Levy war blaß geworden. Ich spürte, wieviel Überwindung es ihn kostete, nicht einfach loszustürzen.

„Sir", fragte er gepreßt, „worauf warten wir noch? Wir wissen jetzt, wo er steckt."

Ich tauschte einen raschen Blick mit Lieutenant Torrente, und als dieser nickte, hob ich den Arm, und wir setzten uns wieder in Bewegung.

Während wir der Rampe in die Tiefe der Remise hinab folgten, die, nachdem sie das Tageslicht hinter sich gelassen hatte, eine Biegung nach rechts beschrieb, studierte ich die Anlage. Sie entsprach dem technischen Stand des vorigen Jahrhunderts. Ein an zwei Ketten von der Decke herabhängendes rotweiß schraffiertes längliches Schild trug in altenglischer Schrift den Aufdruck:

BRANDGEFAHR

Und ein weiteres Schild, gleichfalls an der Decke aufgehängt, mit dem Symbol einer Sirene gekennzeichnet, bedeutete:

IM GEFAHRENFALL SIRENE BETÄTIGEN!

Die Sirene – ein uraltes, rotlackiertes Modell – war an der Wand befestigt. Gleich darunter befand sich eine Mauernische mit einem Notstromaggregat. Die Startkurbel steckte im Gehäuse.
Die nächsten zwanzig oder dreißig Meter legten wir bei völliger Dunkelheit zurück, bis nach einer weiteren Biegung der Rampe rotes, flackerndes Licht über uns herfiel und uns zum Stehenbleiben veranlaßte.
Die Szene war höllisch.
Vermischt mit Rauch, schlug mir pestilenzartiger Gestank entgegen. Wie durch einen brodelnden Schleier hindurch blickte ich auf ein Bild des Grauens.
An die tausend Ratten mochten in der Remise versammelt sein. Wie ein riesiger Spiegel aus winzigen Funkelsteinen reflektierten ihre Augen den unruhigen Feuerschein des Scheiterhaufens, vor dem, völlig nackt, mit rußgeschwärztem, den Ratten zugewandten Gesicht, in verzückter Haltung der Mann kauerte, hinter dem wir her waren: Melchior. Er schien in Trance zu sein. Dann und wann entrang sich seinen gespitzten Lippen ein schriller Pfiff, und aus tausend Rattenkehlen gellte es dann jedesmal, grell und mißtönend, Antwort. Jenseits der Flammen, im Widerspiel von Licht und Schatten, erhob sich ein mit Rattenmasken verzierter Pfahl von der Art, wie wir ihn schon einmal gesehen hatten. An diesem Pfahl war das Mädchen festgebunden. Judith schrie nicht. Mit aufgerissenen Augen starrte sie vor sich hin: sie erwartete den Tod.
Hilflosigkeit überschwemmte mich.
Mit Melchior, ja sogar mit einem Dutzend seiner Ratmen hätte man es aufnehmen können – zumal die Überraschung auf unserer Seite war. Ein Schritt in diese Ratten-

armee hinein bedeutete jedoch den sofortigen Untergang.
Ich blickte hinüber zu Lieutenant Torrente. Er schien zu überlegen – und ebenso wie ich schien er dabei zu der Erkenntnis zu gelangen, daß hier kein Ausweg war.
Wir hatten nicht mit Lieutenant Levy gerechnet.
Der Funkoffizier mißachtete alle Vorsicht. Er stieß einen heiseren Schrei aus, schwang sein Römerschwert und stürzte vorwärts.
Auch Lieutenant Torrente schrie auf:
„Sir… der Narr bringt uns um!"
Ich rannte los, zurück in die Richtung, aus der wir gekommen waren. Was ich mir vorgenommen hatte, war ein letzter, verzweifelter Versuch. Ich erreichte das Notstromaggregat und griff nach der Kurbel. Verschwommen sah ich, daß Lieutenant Torrente, der mir bis hierher gefolgt war, weiterrannte; er rief mir etwas zu, was ich nicht verstand. Meine Hand schloß sich um die Kurbel und begann sie zu drehen, schneller und immer schneller. Widerstrebend gehorchten die Zylinder. Das Aggregat schüttelte sich, aus dem Auspuff quoll eine schwarze, stinkende Wolke von Abgasen – dann sprang es an. In der Remise flammten – zum ersten Mal wieder seit vierundsiebzig Jahren – die Lichter auf. Halb ohnmächtig vor Anstrengung, richtete ich mich auf. Der Schalter der Sirene befand sich in Reichweite. Ich drückte.
Die Sirene erfüllte das Gewölbe mit ohrenbetäubendem Lärm.
Ich wischte mir den Schweiß aus den Augen und stürzte abwärts.
Die Ratten befanden sich im Zustand völliger Hysterie.

Der Lärm schien ihnen die Sinne zu rauben. Kreisförmige Bewegungen hatten sich gebildet: Die Ratten suchten nach dem rettenden Ausgang, doch der Schmerz in den Ohren, den die Sirene ihnen zufügte, trübte ihr Gedächtnis. Für Lieutenant Levy war das Rettung im letzten Augenblick. Ich sah, wie er sich, aus mehreren kleineren Wunden blutend, aufrichtete und weitereilte. Gleich darauf blitzte sein Römerschwert auf, als er die Stricke durchhieb, die Judith an den Pfahl fesselten.
Melchior hatte sich mittlerweile von seinem Entsetzen erholt. Er stieß einen wilden Schrei aus, schnellte in die Höhe und warf sich auf Lieutenant Levy.
Im gleichen Atemzug stieß eine Kabinengondel wie eine Kanonenkugel in den Scheiterhaufen und löste ihn auf in tausend wirbelnde Brände.
Ich erriet, was geschehen war.
Lieutenant Torrente hatte, als er mich am Notstromaggregat hantieren sah, einen verwegenen Entschluß gefaßt. Er war über die Leiter in die reparaturbedürftige Gondel gestiegen und hatte die Bremse gelöst. Das Gefährt prallte gegen den Puffer, riß ihn aus seiner Verankerung und krachte auf den Scheiterhaufen.
Wie durch ein Wunder kam Lieutenant Torrente mit heilen Knochen davon. Er befreite sich aus den Trümmern und stürzte sich auf Melchior.
Offenbar lagerten in der Remise immer noch leicht entzündbare Stoffe, die der Zersetzung durch die Zeit widerstanden hatten: Lacke und Farben. Ein brennender Holzscheit oder ein verirrter Funke löste die Explosion aus. Es gab zwei, drei mächtige Stichflammen und mehrere heftige Erschütterungen.
Für den Bruchteil einer Sekunde sah ich, was ich zuvor

nicht hatte bemerken können: einen auf die Betonwand aufgemalten gelben Richtungspfeil mit einer Aufschrift.

ZUR SCHLEUSE IV (REMISEN-SCHLEUSE)

Das Licht erlosch, und damit verstummte auch die Sirene.

Mochte sie verstummen – sie hatte ihre Schuldigkeit getan.

Die Ratten waren auf der Flucht.

Tausend vierfüßige Fackeln strebten die Rampe hoch, dem heimischen Dschungel entgegen. Ich lehnte mich gegen die Wand und stemmte mich mit den Füßen fest, um von dieser glutheißen Lohe, die schreiend und pfeifend an mir vorüberraste, nicht hinweggeschwemmt zu werden.

Zurück blieb der Gestank nach verschmortem Fleisch.

Als ich begriff, daß die Ratten fort waren, stürzte ich vorwärts.

Rauch verschleierte den Richtungspfeil. Glühende Hitze schlug mir entgegen. Die Remise stand in hellen Flammen. Die Schleuse, von der mich nur wenige Schritte trennten, war in unerreichbare Ferne gerückt.

Aus dem Flammenmeer löste sich taumelnd eine versengte Gestalt: Lieutenant Levy, der sich die bewußtlose Judith auf die Schulter geladen hatte. Ich rannte auf ihn zu und fing das Mädchen auf, bevor er es fallen ließ. Er war mehr tot als lebendig.

„Laufen Sie, Lieutenant!" schrie ich ihn an. „Laufen Sie!"

Er gehorchte und lief die Rampe hoch. Ich eilte hinter ihm her.

Als wir eintauchten in das Sonnenlicht, hatte Lieutenant Torrente uns eingeholt. Sein Atem ging keuchend. Seine

Uniform war von Brandflecken übersät. Mit einer Gebärde ohnmächtigen Zornes warf er seinen kaukasischen Dolch fort.
„Der verdammte Rattenkopf, Sir! Er ist mir entwischt! Es muß da noch ein anderes Schlupfloch geben.“
Hinter uns schien sich ein Vulkan aufzutun. Eine haushohe Stichflamme schoß aus dem Gewölbe – dann stürzte mit Donnerhall die betonierte Decke ein.

11.

An der Beratung, zu der ich gebeten hatte, nahmen sowohl die Männer der *Kronos* teil als auch die Pilger. Ein Zufall hatte uns zusammengeführt; nun trugen wir das gleiche Schicksal.
Als wir das Dorf verließen, war ich voller Zuversicht, und ich hatte mit einigen wenigen Marschtagen gerechnet. Melchiors Verrat hatte uns in die tödlichste Gefahr gebracht. Nicht nur, daß ich mit den mir verbliebenen sechs Männern der *Kronos*-Crew auch weiterhin auf der PILGRIM 2000 festsaß; überdies hatte ich die Verantwortung für die Pilger zu tragen: für fromme, kampfunerfahrene Menschen, die ihr Schicksal vertrauensvoll in meine Hand gelegt hatten. Pilgrimville aber, die Stadt, in der wir uns befanden, war voller Gefahren. Die Ratten waren zum zweitenmal herausgefordert worden – und diesmal brauchten sie nach uns nicht lange zu suchen. Mit List und Mut hatten wir sie uns bislang vom Halse gehalten – doch List und Mut wurden auf die Dauer zu einem Stück Seife. Je öfter man sie benutzte, desto rascher nutzte sie

sich ab. Die Ratten waren schlau und gerissen; ich zweifelte nicht daran, daß sie aus ihren Niederlagen lernten. Und um das Maß vollzumachen, mochten in den undurchdringlichen Straßenschluchten die Ratmen lauern – geführt und beraten von Melchior, der unsere Absichten kannte. Was aber hatten wir diesen Gefahren entgegenzustellen?

Andererseits gab es auch gute Gründe, den Mut nicht sinken zu lassen. Ich verkündete sie von der Bühne herab, die ich erklommen hatte.

„Melchior hat uns nach Pilgrimville geführt, um uns hier im Stich zu lassen. Aber sein Verrat hat auch etwas Gutes. Wir haben die Mitte der alten Pilger-Zivilisation erreicht – den Punkt, wo die Nervenstränge der PILGRIM 2000 zusammenfließen: den Sitz der Verwaltung, der technischen Versorgung und möglicherweise auch der Navigation."

Ich wartete auf Fragen. Da keine kamen, fuhr ich fort:

„Wir dürfen nicht vergessen: die PILGRIM 2000 ist nur scheinbar ein Planet. In Wirklichkeit ist sie ein Raumschiff. Und das bedeutet: Irgendwo muß es in ihr sowohl einen Steuerstand geben als auch eine Verbindung zum Triebwerk. Und ebenso müssen Schleusen vorhanden sein, die in Verbindung stehen mit den Landedecks. Eine davon haben wir heute entdeckt – leider wurde sie von der Explosion zugeschüttet. Dennoch ist die Wahrscheinlichkeit, hier in Pilgrimville auf weitere Schleusen zu stoßen – auf Schleusen, die dem Personenverkehr gedient haben und dem Transport von Gütern – sehr viel größer als im Hinterland, aus dem wir kommen. Ich schlage daher vor, in der Stadt zu bleiben und die Suche zu verstärken. Wir brauchen Geduld und Ausdauer. Da-

mit ausgerüstet, werden wir die Schleusen, da es sie gibt – geben muß –, letztlich auch finden."
Lieutenant Stroganow erhob sich von seinem Sitz. Schwer und groß stand der grauhaarige Navigator im Raum.
„Sir, ich antworte Ihnen im Namen der Besatzung. Sie sprechen uns aus dem Herzen. Wir müssen hierbleiben und suchen. Zwar haben wir es mit einem technischen Neuland zu tun – doch früher oder später werden wir als in Fragen der Raumfahrttechnik geschulte Menschen hinter das Geheimnis seiner Konstruktion kommen."
Ich dankte mit einem knappen Lächeln.
Hinter der Bühne fing Jeremias mich ab; sein Blick war voller Sorge.
„Ich weiß, Commander, daß Sie nichts unversucht lassen, um Ihr Versprechen einzulösen, aber..."
Ich blieb stehen und wandte mich ihm zu.
„Was bedrückt Sie, Jeremias? Wollen Sie aufgeben?"
Der alte Mann schüttelte den Kopf.
„Ich gebe nicht auf, Commander. Sie sind gekommen und haben mich wissen lassen, daß es für uns eine neue Hoffnung gibt – einen neuen Anfang in der angestammten Heimat. Die Sterne haben uns kein Glück gebracht. Es ist an der Zeit, zur Erde zurückzukehren. Judith und Ihr Lieutenant Levy wollen heiraten. Sie werden Kinder haben. Ich will, daß es für diese Kinder eine Zukunft gibt – ohne Palisadenwände, ohne das Pfeifen der Ratten, ohne die ständige Furcht vor den Ratmen. Aber Zacharias denkt anders. Zacharias, Commander, murrt. Insgeheim wiegelt er die Leute auf. Er fängt an, das Buch auf eine Art und Weise auszulegen, daß ich ihm unterlegen bin."

Jeremias war voller Unruhe. Die Gemeinschaft der Pilger brach auseinander.
Ich drückte ihm beide Hände.
„Ich werde mit Zacharias reden – später."
Danach machte ich mich an den Aufstieg zur Kuppel. Den Fahrstuhl konnte ich nicht benutzen – doch zum Glück gab es eine schmale Wendeltreppe, die zum Dach hinaufführte.
Dort erwartet mich eine Überraschung. Im Zentrum der Kuppel erhob sich ein verglaster Pavillon: das Theaterrestaurant. Mein Blick schweifte über gedeckte Tische. Zwischen längst zu Staub verfallenen Blumen standen silberne Leuchter und Batterien mit erlesenen Weinen.
Das Fest hatte nie stattgefunden. Die kristallenen Pokale waren und blieben leer.
Ich trat vor die Glaswand und blickte hinaus.
Wie ich vermutet hatte, war Pilgrimville der Mittelpunkt des Verkehrssystems. Aus allen Himmelsrichtungen kommend, wie fünf Finger, die zusammenwachsen zu einer Hand, vereinigten sich hier fünf Stränge der Kabinenbahn zu einem bahnhofähnlichen Kubus aus spiegelndem Aluminium. Und eben dorthin strebten auch, in einem erstarrten Sternmarsch, die dschungelbedeckten Schneisen der Straßen.
Die Bedeutung des Kubus war leicht zu erkennen. Er bildete den zentralen Umschlagplatz – sowohl für den Personen- als auch für den Güterverkehr. Die Wahrscheinlichkeit, daß zu ihm auch ein astrales Landedeck gehörte, war groß.
Ich schätzte die Entfernung, merkte mir die Richtung und machte mich an den Abstieg.
Mochte Melchior ruhig im Wahn verharren, uns in eine

ausweglose Falle gelockt zu haben ... Er wußte mit den Denkmälern und Signalen der Zivilisation, die sich in dieser Stadt häuften, nichts anzufangen. Seine Phantasie war nicht groß genug, ihn ahnen zu lassen, daß es auch andere Menschen gab – Menschen mit der Erfahrung unzähliger Sternflüge.

Für den Aufbruch war es mittlerweile zu spät geworden. So ordnete ich an, im Schutz der Mauern eine weitere Nacht im Theater zu verbringen.
Verpflegung und Wasser waren knapp geworden. Schweren Herzens lauschte ich den Klagen der Kinder.
Ich dachte an den Wein im Restaurant, beschloß aber, ihn nicht anzurühren. Die Pilger waren daran nicht gewöhnt – und auch meine eigenen Männer taten besser daran, einen klaren Kopf zu behalten.
Bevor die Dunkelheit hereinbrach, verbarrikadierten wir die Eingänge.
In dieser Nacht verdoppelte ich die Wachen.
Als die Sonne schließlich aufging, trat ich als erster hinaus.
Vor dem Grab von Lieutenant Simopulos sprachen wir ein kurzes, gemeinschaftliches Gebet.
Irgendwann – so nahm ich mir vor – würde ich auf die PILGRIM 2000 zurückkehren, um ihn heimzuholen – in den kühlen Frieden der Erde unseres Heimatplaneten.

12.

Hier in Pilgrimville schwang sich der Strang der Kabinenbahn in kühnen Sätzen von Haus zu Haus, und immer nur dort, wo die Breite der Schluchten dies erforderlich machte, war er abgestützt durch mächtige Pfeiler, auf denen sich mittlerweile Moose und Flechten angesiedelt hatten.
Je tiefer wir in die Stadt eindrangen, desto dichter und undurchdringlicher wurde der Dschungel, unter dem die menschenleere Metropole mehr und mehr verschwand. Es kam vor, daß man eine geschlagene Stunde unter der Kabinenbahn dahinzog, ohne daß man das metallene Band zu sehen bekam. In diesen Fällen blieb es dem Instinkt unseres II. Bordingenieurs überlassen, die Richtung – oder, wie Lieutenant Stroganow formulierte: den Kurs – zu halten und nicht davon abzuirren. Nur gelegentlich blieb es mir vergönnt, einen flüchtigen Blick auf den schwarzen Himmel mit seiner sengenden Sonne und den ungewohnten Sternbildern zu werfen. Zum Glück allerdings gab es auch hier allerlei verschlungene Pfade,

die das Vorwärtskommen erleichterten – und wo diese fehlten, halfen Machete und Schwerter nach.
Die Existenz dieser Pfade beunruhigte mich ebensosehr, wie sie uns nutzte, denn sie ließ darauf schließen, daß Melchior, als er uns weismachte, die Ratmen kämen nur selten in die Stadt, bewußt die Unwahrheit gesprochen hatte. Meine Befürchtung wurde geteilt von Jeremias, der nach wie vor tief erschüttert war über Melchiors Verrat. Da dieser hatte entkommen können, war auch weiterhin mit ihm zu rechnen. Ja, er würde nichts unversucht lassen, um uns allen den Untergang zu bereiten.
Noch am frühen Vormittag bekamen wir erste Gewißheit.
Lieutenant Torrente, der die Vorhut bildete, drehte sich um und legte einen Finger vor die Lippen. Ich begriff, daß er darum bat, nicht von mir gerufen zu werden, als er gleich darauf geräuschlos im Unterholz untertauchte.
Captain Romen holte mich ein und gesellte sich an meine Seite.
„Was geht vor, Sir?"
Ich bedeutete ihm, die Stimme zu dämpfen.
„Lieutenant Torrente scheint der Ansicht zu sein, daß wir verfolgt werden."
Captain Romen machte ein angewidertes Gesicht.
„Ratten, Sir?"
„Eher ihre zweibeinigen Freunde, Captain", gab ich zurück. „Die Frage ist nur, welches Übel das geringere wäre."
Captain Romen sah sich nach allen Seiten hin um; ich spürte sein Unbehagen.
„Ratmen!" sagte er nach einer Weile. „Zottige, stin-

kende, blutgierige wilde Männer unter den Sternen! Wenn wir daheim davon berichten werden, wird uns kein Mensch glauben. Man wird uns nicht glauben, weil das, was sich hier zugetragen hat, aller Erfahrung widerspricht. Ein Rückfall in die Steinzeit..."
Ich schwieg. Über all das hatte ich längst nachgedacht und mir meine eigene Meinung gebildet. Auf der PILGRIM 2000 hatte nicht viel dazu gehört, diesen Rückfall herbeizuführen: eine einzige Neutronenbombe. Damit verglichen, war die Erde trotz aller Kriege, Bürgerkriege und Revolutionen, die auf ihr im gleichen Zeitraum stattgefunden hatten, glimpflich davongekommen. Doch war das ein Verdienst, ein Grund, um stolz zu sein? Der Zufall hatte Regie geführt. Auf der Erde waren immer noch genug gesunde Menschen übriggeblieben, um die Zivilisation zu wahren und weiterzuführen. Die körperlichen und geistigen Krüppel des großen nuklearen Konflikts in den neunziger Jahren waren längst vergessen, von mildtätiger Erde bedeckt. Hier jedoch, auf der PILGRIM 2000, auf diesem hermetisch abgeschlossenen künstlichen Planeten, hatte die Neutronenbombe ganze Arbeit geleistet.
Captain Romen stolperte über eine Baumwurzel und fluchte. Danach sagte er:
„Wissen Sie, wozu ich Lust hätte, Sir?"
„Wozu?"
Captain Romen ließ mich seine rechte Hand sehen. Langsam, als zerdrücke er darin ein widerwärtiges Insekt, ballte er sie zur Faust.
„Ich hätte Lust, hierher mit einem Regiment Soldaten zurückzukehren und gehörig aufzuräumen."
„Unter den Ratten ebenso wie unter den Ratmen?"

„Unter beiden, Sir. Die eine Brut steht der anderen nicht nach. Ein Regiment Soldaten, Sir …“
Ich wußte, daß er mich nicht verstehen würde, als ich erwiderte:
„Vielleicht haben Sie recht, Captain, und ein Regiment Soldaten wäre wirklich eine Erlösung für diesen Planeten. Aber nur vielleicht … ich kann mich eines Gefühls des Mitleids mit diesen Wilden nicht erwehren.“
Captain Romen sah mich erstaunt an.
„Mitleid, Sir? Warum? Weil sie nicht wissen, was sie tun?“
„Weil sie nicht wissen, was sie tun“, wiederholte ich. „Man kann sie nicht verurteilen. Menschen wie Sie und ich, Captain, haben sie zu dem werden lassen, was sie heute sind.“
Captain Romen ließ einige Sekunden verstreichen, bevor er zurückgab:
„Verdammt, Sir … Von dieser spitzfindigen Warte aus habe ich das Problem noch nicht betrachtet. Es mag ja sein, daß ich voreingenommen bin – und das nicht völlig ohne Grund.“ Dabei klopfte er sich gegen die verletzte Schulter. „Würden Sie das als Entschuldigung gelten lassen, Sir?“
Er hatte das Temperament eines Zigeuners. Von einem Extrem fiel er ins andere.
„Sie brauchen sich nicht zu entschuldigen, Captain. Ich habe lediglich an Ihre Vernunft appelliert … Die Ratmen sind ebenso schuldig oder unschuldig wie Kopfjäger, die es in Amazonien noch geben soll. Aber sie sind doppelt so gefährlich. Wenn sie uns angreifen, werden wir uns wehren. Das ist alles.“ Ich wechselte das Thema. „Was macht die Schulter?“

„Ist am Verheilen, Sir. Mit dem Boxen muß ich mir wohl noch ein paar Wochen Zeit lassen, aber sonst bin ich fast wieder der alte.“
„Überanstrengen Sie sich nicht. Auf der *Kronos* werde ich Sie brauchen.“
Captain Romen lachte unbekümmert.
„Finden Sie nur die Schleuse, Sir! Die *Kronos* werde ich dann schon heimschaukeln. Nach diesem erholsamen Ausflug tue ich das mit dem kleinen Finger.“
Captain Romen mußte zurückbleiben: der Pfad verengte sich. Die Machete trat in Aktion.
Ebenso lautlos und unauffällig, wie Lieutenant Torrente verschwunden war, tauchte er plötzlich wieder vor mir auf.
„Späher, Sir“, sagte er. „Einstweilen beschränken sie sich darauf, uns zu beobachten.“
Die letzten Tage hatten mich gelehrt, wie wertvoll sein Rat sein konnte. Er verfügte über Fähigkeiten, die ich nicht besaß.
„Und was“, fragte ich, „würden Sie an meiner Stelle unternehmen?“
Lieutenant Torrente stieß den kaukasischen Dolch zurück in die Scheide.
„Nichts, Sir. Solange sie uns in Ruhe lassen, würde ich nichts unternehmen. Wir wissen, daß sie in der Nähe sind. Das ist genug.“
Ich mußte einsehen, daß er recht hatte.

Zu den Stationen der Kabinenbahn gehörte auch ein pyramidenförmiger Terrassenbau mit gleißenden Fensterfronten. Für die mittägliche Rast gab er einen willkommenen Lagerplatz ab: Er bot Schutz vor der schwülen

Hitze ebenso wie vor einem jederzeit möglichen überraschenden Angriff der Ratmen.
Lieutenant Torrente, der als erster in das Gebäude eindrang, meldete mir, worauf wir gestoßen waren:
„Eine Klinik, Sir.“
Ich verbarg meine Enttäuschung. Die Kaserne der Militärs, von denen Jeremias berichtet hatte, wäre mir lieber gewesen. In Kasernen gab es Waffenkammer und Arsenale. Dort lagerten die Feuerwaffen des 20. Jahrhunderts, die, mochten sie längst auch nur noch musealen Wert haben, zu ihrer Zeit bewiesen hatten, wozu sie imstande waren.
„Leer?“ fragte ich.
„Nicht einmal ein Rattenhaar, Sir“, erwiderte Lieutenant Torrente strahlend. „Man könnte gewissermaßen vom Fußboden speisen.“
Während sich die Pilger lagerten, durchsuchte ich mit meinen Männern den vielstöckigen Komplex. Nach wie vor lag ein leichter Karbolgeruch in der Luft – eine Erklärung dafür, weshalb die Ratten sich fernhielten. Die Durchsuchung brachte uns weder neue wichtige Erkenntnisse noch brauchbare Funde. Das einzige, was ich mitgehen ließ, war eine Literflasche mit purem Alkohol – im vorsichtigen Hinblick darauf, daß es sehr wohl bald blutende Wunden geben könnte, die desinfiziert werden mußten.
Sergeant Caruso beteiligte sich an der Durchsuchung unter eigenen Gesichtspunkten. In einem Vorratsraum, der an die Küche angrenzte, stieß er auf genug gestapelte Konserven, um damit eine ganze Armee sattzumachen. Zum ersten Mal, seitdem ich die PILGRIM 2000 betreten hatte, aß ich wieder Fleisch. Die Pilger allerdings,

daran nicht gewohnt, beschieden sich mit Ananas und Birnen. Dazu tranken wir Bier beziehungsweise Mineralwasser.
Sergeant Caruso hüpfte, während ich tafelte, vor mir auf und nieder, bis ich nicht umhin konnte, ihn zur Kenntnis zu nehmen.
„Nun, *maestro,* wo drückt der Schuh?"
Sergeant Carusos Herz war so randvoll, daß er die ihm verhaßte Anrede glatt überhörte.
„Das Bier, Sir! Haben Sie schon das Etikett gesehen? Bier von der Erde, Sir, hergestellt aus gutem, ehrlichem Hopfen. Das ist was anderes als dieser Piß, wie er heutzutage auf der Venus fabriziert wird ... Ich bitte vielmals um Verzeihung, Sir."
Ich starrte auf das Etikett, und in mir regte sich das Heimweh. Vor mehr als neunzig Jahren war das Bier, das ich trank, in Bremen abgefüllt worden. Und nun, mehr als sonnenweit von der Erde entfernt, spürte ich seinen würzigen Geschmack auf der Zunge.
Ich stand auf und klopfte Sergeant Caruso auf die Schulter.
„*Maestro,* Sie sind ein echter Schatz!"
Ich brauchte nicht zu übertreiben. Das kleine rothaarige Männchen mit dem großen Namen war unbezahlbar. Stets war es besorgt um unser leibliches Wohl – und all der Spott und all die bissigen Bemerkungen, die es oft genug für seinen Übereifer einstecken mußte, ließen es nicht daran irre werden, daß nur in einem satten Körper ein zufriedener Geist steckte.
Eine Stunde später waren wir erneut unterwegs.
Meine Absicht war es, sobald wie möglich den silberfarbenen Kubus zu erreichen. Noch immer trennten uns da-

von drei oder vier Meilen – eine lächerlich geringe Wegstrecke, die nur deshalb so weit war, weil wir es nicht mit ordentlichen Straßen zu tun hatten.
Bevor wir die Klinik verließen, fragte mich Jeremias:
„Was glauben Sie, Commander – werden wir es schaffen?"
Ich starrte auf den Dschungel, in den wir nach flüchtiger Rast zurückkehren mußten – auf diesen schweigenden Dschungel mit seinen Hinterhalten und Gefahren, der früher oder später Pilgrimville verschlingen würde. Die Erinnerung an andere, gefahrvolle Situationen tauchte in mir auf – an Situationen, die die Verzweiflung zum Verbündeten gehabt hätten, wenn ich dieser nicht beizeiten einen energischen Tritt versetzt hätte.
„Ich glaube", erwiderte ich, „ob wir es schaffen oder nicht – das liegt nur an uns."
Jeremias seufzte.
„Der Himmel gebe, daß es so ist, Commander. Die Leute fürchten sich. Ein Gerücht geht um. Es heißt, es sind Ratmen ganz in der Nähe."
Es hatte keinen Sinn, die Wahrheit noch länger zu verheimlichen.
„Ein paar Späher", antwortete ich. „Als Lieutenant Torrente sich ihnen näherte, zogen sie sich zurück. Sie werden sich hüten, uns anzugreifen."
Es war die Wahrheit – aber ihr Kern bestand aus einer barmherzigen Lüge. Ich war davon überzeugt, daß der Angriff nicht lange auf sich warten lassen würde. Melchior kannte sowohl unsere Gepflogenheiten als auch unsere zahlen- und waffenmäßige Unterlegenheit. Falls

er und diese gesichteten Ratmen unter einer Decke steckten, standen uns schwere Stunden bevor.

Nicht die leiseste Warnung ging dem Angriff der Ratmen voraus. Selbst Lieutenant Torrente, der die Vorhut bildete – mit offenen Augen und wachen Sinnen – ließ sich überrumpeln. Als er mich warnte, war das Unheil bereits geschehen.
Ich war stehengeblieben – teils, um mir den Schweiß aus dem Gesicht zu wischen und einen Blick zu werfen auf die nachfolgende Kolonne, weil ich mir nicht sicher war, welchen der beiden Pfade, die an dieser Stelle auseinanderliefen, Lieutenant Torrente eingeschlagen hatte.
Mein Stehenbleiben bewirkte, daß auch die Kolonne ins Stocken geriet.
Lieutenant Stroganow, der mir auf den Fersen gefolgt war, schöpfte Atem. Auch er war erschöpft; über sein seit Tagen nicht mehr rasiertes Gesicht rann der Schweiß in breiten Strömen.
Ich nickte ihm zu und wollte mich wieder in Bewegung setzen – im gleichen Augenblick ließ sich ein gedämpftes Schwirren vernehmen, und einer der Pilger, ein sonnengebräunter Greis mit silberfarbenem Bart, griff sich an die Kehle und brach zusammen.
In seinem Hals steckte ein gefiederter Pfeil.
Ein grelles Lachen durchschnitt die jäh eingetretene Stille. Und obwohl ich mir mit allem Nachdruck vorhielt, daß es die Stimme eines Menschen war, verspürte ich ein Frösteln. Dies Lachen hatte nichts Menschliches an sich.
Lieutenant Torrente tauchte auf. Im Laufen zog er den Dolch aus der Scheide.

„Zurück, Sir!“ schrie er. „Alle zurück… den anderen Weg! Vor uns wimmelt es von Ratmen!“
Erneut war ein Schwirren zu hören – doch diesmal war der Mann, dem der tödliche Pfeil zugedacht war, auf der Hut. Lieutenant Torrente reagierte mit der katzenhaften Geschmeidigkeit seiner Vorfahren. Er warf sich zur Seite, und der Pfeil verfehlte ihn um Haaresbreite und bohrte sich tief in die bemooste Erde. Fast gleichzeitig, schneller als mein Blick registrieren konnte, zuckte Lieutenant Torrentes Arm in die Höhe – und der kaukasische Dolch verwandelte sich in einen pfeifenden Blitz.
„Rattengesicht“, sagte Lieutenant Torrente heiser, „diesmal hast du dich zu weit vorgewagt!“
Über mir krachte das Geäst, und der zottige Körper eines nur mit einem Lendenschurz bekleideten Wilden fiel mir entseelt vor die Füße.
Schaudernd trat ich zurück.
Lieutenant Torrente kam heran, bückte sich und zog dem toten Ratman den Dolch aus der Brust.
„Hat er wen von uns erwischt, Sir?“
„Einen von den Pilgern.“
„Ich hätte ihn bemerken müssen, Sir. Es ist meine Schuld.“
„Niemand ist schuld daran, Lieutenant“, erwiderte ich. „Helfen Sie mir, die Leute bei Vernunft zu halten!“
Hinter mir waren Captain Romen und Lieutenant Stroganow schon damit beschäftigt, die Marschkolonne umzuleiten.
Lieutenant Levy, in der Hand das blanke Römerschwert, kam gerannt.
„Sir, haben Sie Judith gesehen?“
Ich konnte ihn beruhigen.

„Judith und ihr Vater sind wohlauf. Sie sind eben an mir vorbeigekommen.“
Lieutenant Levy atmete befreit auf.
„Gott sei Dank, Sir. Ich dachte schon, es hätte Jeremias erwischt.“ Er schwenkte das Schwert. „Warum, zum Teufel, lassen sich die Kerle nicht blicken?“
„Um mit Ihnen ein Duell auszufechten, Levy?“ Lieutenant Torrente wies auf den toten Ratman. „Das ist der Grund. Sie haben begriffen, daß wir doch nicht ganz die leichte Beute sind, als die Rattenkopf Melchior uns geschildert haben mag. Sie werden sich erst einmal wieder Mut anheulen ... oder etwas in der Art. Vielleicht ist auch der große Häuptling noch nicht zur Stelle – der mit dem Rattenschwanz.“
Die Männer der Nachhut erschienen – mit blassen Gesichtern und harten Augen.
„Was hat's gegeben?“
„Nichts als ein kleiner Hinterhalt“, antwortete Lieutenant Torrente. „Und wer die Grube aushob, fiel selbst hinein.“
Ich deutete in die Richtung des unsichtbaren Feindes. „Der Pfad ist blockiert. Ratmen. Wir nehmen den anderen Weg.“
Lieutenant Xuma schüttelte unbehaglich den Kopf. „Sir, auf diese Weise kommen wir von der Richtung ab. Gott weiß, wohin dieser Pfad führt.“
Er sprach aus, was mich bedrückte. Bisher hatten wir uns mehr oder minder zielstrebig auf den silbernen Kubus zu bewegt, in dem ich den kombinierten Bahnhof vermutete; nun jedoch wichen wir um mehr als neunzig Grad von dieser Richtung ab. Wohl oder übel waren wir gezwungen, in einen Stadtbezirk vorzudringen, von dem

keiner wußte, wie er beschaffen war und was darin unserer harrte.
„Uns bleibt keine andere Wahl, Lieutenant“, erwiderte ich. „Scheuchen Sie die Pilger. Je früher wir irgendwo Zuflucht finden, desto besser.“

Da Lieutenant Torrente die Ansicht äußerte, daß wir verfolgt würden, übernahm ich es, zusammen mit Lieutenant Stroganow die Nachhut zu bilden. In der Tat bekamen wir zwei- oder dreimal die Zottelmänner flüchtig zu Gesicht, doch offenbar war ihnen der Mut vergangen, sich uns auf Bogenschußweite zu nähern.
Meine Unruhe wurde ungeachtet dieser Zurückhaltung nicht geringer. Es war unerläßlich, noch vor Sonnenuntergang ein Quartier zu finden, das eine wirkungsvolle und abschreckende Verteidigung mit geringsten Mitteln ermöglichte.
Der Pfad schien kein Ende zu nehmen.
Ein wahrer Stein fiel mir vom Herzen, als Lieutenant Torrente zur Nachhut zurückkehrte.
„Sir, ich glaube, wir haben das passende Objekt gefunden.“
„Was ist es?“
„Sie werden gleich sehen, Sir.“
Der Pfad führte auf eine Mauer zu, schlängelte sich daran entlang und mündete ein in ein sonnenüberflutetes Oval.
Teils, weil mich das grelle Licht blendete, teils, weil ich meinen Augen nicht traute, hielt ich an.
Quer über den rotbraunen Belag dribbelte ein rothaariges, zappliges Männchen und trieb einen schwarzweißen Fußball vor sich her. Das rechte Bein des Männchens

zuckte – und einen Atemzug später kreischte Sergeant Caruso aus voller Kehle:
„Tooor!“
Lieutenant Xuma, der im Tor stand, drohte mit den Fäusten und schimpfte.
„Ich werd’ verrückt!“ sagte neben mir Lieutenant Stroganow. „Das Stadion von Pilgrimville.“
Lieutenant Torrente winkte ab.
„Kümmern Sie sich nicht um die beiden Narren, Sir! Ich habe mich umgesehen. Der graue Kasten da ist der Sportpalast. Die Türen sind aus solidem Aluminium und lassen sich von innen verriegeln. Da kommt, wenn wir alles dicht machen und verrammeln, nicht mal eine Ratte ’rein.“
Der graue Kasten stand mit dem Stadion durch ein stillgelegtes Laufband in Verbindung. Zu Fuß war es ein Weg von knapp fünf Minuten.
„Die Pilger“, erklärte Lieutenant Torrente, während wir gingen, „sind bereits darin untergebracht, Sir. Aber ich befürchte, es wird bald Ärger geben. Zacharias zieht ein Gesicht und redet vom Buch.“
Ich wurde mir meines Versäumnisses bewußt. An Gründen und an Entschuldigungen fehlte es nicht – doch an der Tatsache, daß ich es unterlassen hatte, mit Zacharias unter vier Augen zu reden, blieb nicht zu rütteln.
Mittelpunkt des Sportpalastes war die Halle mit einem kreisrunden Parcours. Eine Vielzahl von größeren und kleineren Räumen schloß sich an, die allen möglichen Sportarten und den unterschiedlichsten Zwecken gedient hatten – in der kurzen glücklichen Zeit der PILGRIM 2000. Es fehlte nicht an Garderoben, Waschräumen und

Sanitätsabteilungen. Sogar ein kleiner Operationssaal und ein Konferenzsaal waren vorhanden.
Mir war nicht zu viel versprochen worden: Der Sportpalast glich einer Festung. Die Nacht über hatten wir darin nichts zu befürchten.
Lieutenant Torrente rührte mich an.
„Das Beste kommt noch, Sir."
Er öffnete eine Tür und ließ mich eintreten. Ich starrte auf eine reichhaltige Sammlung von Sportartikeln.
„Und jetzt, Sir – aufgepaßt!"
Lieutenant Torrente zog mit einem Ruck einen Vorhang aus roter Plastik zur Seite – und mein Blick fiel auf ein halbes Hundert Sportbogen, wie man sie, bis diese olympische Disziplin außer Mode kam, bis tief in unser Jahrhundert hinein gebaut und benutzt hatte. Neben den Bogen standen die dazu gehörenden ledernen Köcher – gefüllt mit Pfeilen.

13.

Erst nach einer ruhigen und ohne Zwischenfälle verbrachten Nacht gab ich den Entschluß bekannt, zu dem ich mich nach reiflicher Überlegung durchgerungen hatte. Da mir klar war, daß ich damit in geradezu revolutionärer Weise gegen das ungeschriebene Gesetz der Pilger verstieß, hatte ich bis zum Sonnenaufgang gezögert – teils, um mir überflüssige Diskussionen zu ersparen, teils um das Gewissen der ohnehin verunsicherten Auswanderer so lange wie möglich zu schonen. Ich tat es in der Gewißheit, daß jede gegenteilige Entscheidung unweigerlich zu unser aller Verderben führen würde. Um mir auszumalen, was unser harrte, sobald wir diese durch Zufall entdeckte Festung, den Sportpalast, verließen, bedurfte es keiner Phantasie.
Die Ratmen hatten Zeit und Gelegenheit gehabt, um ihre Kräfte für den vernichtenden Schlag zu sammeln – und irgendwann und irgendwo mußten sie in großer Schar über uns herfallen. Die Aussicht, noch einmal halbwegs glimpflich davonzukommen, war gleich Null.

Nach hastig eingenommenen Frühstück bat ich die Pilger um Gehör:
„Vor uns liegt ein langer und gefahrvoller Weg", führte ich aus. „Ich zweifle nicht daran, daß an seinem Ende, sofern wir uns richtig verhalten, die Rettung winkt – wohl aber hege ich begründete Zweifel daran, daß wir den Ort, den zu erreichen wir uns vorgenommen haben, ohne einige Abänderungen unserer bisherigen Gepflogenheiten lebend betreten werden. Die Ratmen werden alles daran setzen, um uns den Weg zu verlegen – und das bedeutet, daß der Kampf, sobald wir mit ihnen zusammentreffen, unvermeidlich ist."
Die Pilger schwiegen. Es war mir gelungen, sie zu überrumpeln. Noch ahnten sie allerdings nicht, was ich ihnen zugedacht hatte. Ich fuhr fort:
„Aus diesem Grunde habe ich beschlossen, den Abmarsch um vierundzwanzig Stunden zu verschieben. Wir werden einen weiteren Tag im Sportpalast zubringen – allerdings nicht, um hier auszuruhen, sondern um uns auf den Kampf vorzubereiten."
Jeremias erhob sich. Mit einer würdevollen Handbewegung erzwang er sich mein Gehör.
„Sie sprechen vom Kampf, Commander, und von Vorbereitungen, die getroffen werden müssen, aber Sie vermeiden es, die Dinge beim Namen zu nennen. Was, Commander, erwarten Sie von uns?"
Der Augenblick, meine Karten auf den Tisch zu legen, war gekommen. Ich gab das vereinbarte Zeichen.
Meine Männer, beladen mit so vielen Bogen und Pfeilen, wie sie tragen konnten, betraten die Halle.
Ein Wispern des Entsetzens ging durch die Reihen der Pilger.

Zacharias sprang auf – mit allen Anzeichen tiefer Entrüstung. Bevor er das Wort ergreifen konnte, sprach ich weiter.
„Der Himmel", sagte ich, „hat uns beschert, was uns gestern noch gefehlt hat, um den Ratmen standzuhalten – die erforderlichen Waffen. Wir werden uns jetzt – unter der Anleitung von Lieutenant Torrente – im Bogenschießen üben. Und morgen, wenn wir den Marsch zur Schleuse fortsetzen, wird jeder gesunde Mann und jede gesunde Frau einen Bogen und einen Köcher mit Pfeilen mit sich führen."
Ich ließ mir einen Bogen geben und trat damit auf Jeremias zu.
„Jeremias, Sie sind der Wahrer und Hüter des Wortes, Sie sind der Führer dieses vom Untergang bedrohten Volkes. Von Ihnen erwartet man, daß Sie Beispiel und Vorbild sind. Nehmen Sie den Bogen, und lassen Sie auf diese Weise Ihre Leute wissen, auf welcher Seite Sie stehen – auf jener, für die es keine Zukunft mehr gibt, oder auf der anderen, die überleben wird."
Jeremias wich vor mir zurück. In seinen Augen las ich Bestürzung, Trauer und Zorn. Er traf keine Anstalten, den Bogen zu ergreifen.
„Commander", sagte er mit beherrschtem Vorwurf, „Sie kennen unsere Einstellung..."
Ich kannte sie, ich achtete sie – und wußte doch, daß sie falsch war.
„Bitte, Jeremias", sagte ich, „weisen Sie die Waffe nicht zurück! Nehmen Sie sie hin als das, was sie nur ist – als ein Werkzeug. Wir alle – mich eingeschlossen – hegen den Wunsch nach Frieden. Wir wollen nicht kämpfen. Aber die Verhältnisse nehmen darauf keine Rücksicht.

Das Schicksal hat uns vor die Wahl gestellt: Zur Waffe zu greifen oder unterzugehen. Das ist die Entscheidung!"
Jeremias Augen füllten sich mit Tränen. Zögernd, langsam, immer noch widerstrebend, gleichwohl schon halb von mir gewonnen, hob er den Arm.
Zacharias trat dazwischen.
„Rühr den Bogen nicht an!" sagte er heiser. „Rühr das Werkzeug der Gewalt nicht an!"
Jeremias' Arm fiel herab. Der alte Mann seufzte und neigte den Kopf.
Zacharias schob den alten Mann zur Seite und wandte sich an die Pilger. Seine Stimme wurde laut und eifernd; seine Augen flammten.
„Das Buch sagt: Du sollst leiden, ohne zu murren! Das Buch verkündet: Du sollst keine Waffen tragen..."
Unter den Pilgern brach Unruhe aus. Eben noch waren sie bereit gewesen, auf Jeremias zu hören – doch nun ließen sie sich von Zacharias unter den stärkeren Einfluß zwingen.
Enttäuscht und niedergeschlagen wollte ich mich abwenden. Mit den Pilgern war nicht zu rechnen. Nach wie vor konnte ich mich lediglich auf die Männer der *Kronos* verlassen.
„Sir..."
Lieutenant Levy hatte seinen Platz verlassen und war an mich herangetreten. Seine Brust hob und senkte sich unter machtvollen Atemzügen. Hinter seinem verschlossenen Gesicht schien ein heftiger Aufruhr zu toben.
„Ja?"
„Ich bitte Sie, Sir... Lassen Sie mich mit den Leuten reden. Vielleicht gelingt es mir... sie zu überzeugen."

Meine Stimme war bitter, als ich zurückgab: „Wenn Sie meinen ...“
Lieutenant Levy war bereits auf ein Podest gesprungen. Ich hatte meine Argumente vorgebracht und verbraucht: nüchterne, klare Sachverhalte, das Einmaleins des Überlebens. Darüber hinaus – um zu überzeugen, um aufzurütteln – fehlten mir die Worte.
Lieutenant Levy packte es anders an. Wie er da auf dem Podest stand, mitten im Licht, das ihn umgab wie eine himmlische Flamme, wirkte er wie die Leidenschaft in Person.
„Hört nicht auf Zacharias, gute Leute!“ rief Lieutenant Levy. „Er kennt das Buch nicht so gut wie ich. Das Buch ist alt wie die Sterne, das Buch ist alt wie der Gang der Welt. Es erzählt Dinge, die Zacharias nicht kennt. Es erzählt von dem Volke, dem ich entstamme – von einem Volke, das demütig und friedfertig war wie ihr. Es kam für dieses Volk eine Zeit, da seine Feinde beschlossen, es den Flammen zu übergeben, um es auf diese Weise auszulöschen für alle Zeit. Und die meisten des Volkes starben – die Männer, die Frauen, die Kinder. Sie starben friedfertig und in Demut – aber sie starben. Und doch blieb dieses Volk der Welt erhalten. Es blieb erhalten und blühte wieder auf, weil es jene wenigen gab, die angesichts des Feuerofens die Demut eintauschten gegen Waffen und Widerstand! So jedenfalls steht es im Buch.“
Lieutenant Levy sprang vom Podest, ergriff den Bogen und trat damit, ohne Zacharias auch nur eines Blickes zu würdigen, auf Jeremias zu.
„Vater“, sagte er, „um Judiths willen – hilf dem Commander, dein Volk zu retten!“

Jeremias straffte sich. Er warf den Kopf in den Nacken. Er ergriff den Bogen. Noch einmal schien er zu zögern. Dann jedoch hob er mit ausgestreckten Armen die Waffe, so daß alle Pilger sie sehen konnten, in das Licht.

Den ganzen Tag verbrachten wir mit Üben. Meine Männer hatten Zielscheiben angeschleppt und aufgestellt – und nun unterwies uns Lieutenant Torrente in der Kunst des Bogenschießens: wie man den Pfeil auflegt, wie man den Bogen spannt, wie man das Ziel anvisiert – um dann das gefiederte Geschoß auf seinen schwirrenden Flug zu entlassen.
Ein Tag war gewiß zu wenig, um aus blutigen Anfängern zuverlässige Schützen werden zu lassen; doch er war immerhin lang genug, um sie halbwegs treffsicher zu machen.
Die Pilger hatten, von Jeremias überzeugt, ihren anfänglichen Widerstand aufgegeben. Und nachdem sie Bogen und Pfeil mehr oder weniger unbeholfen zur Hand genommen hatten, überkam sie mit dem Fortschreiten der Zeit das gesunde Fieber des Wetteifers. Die Frauen wollten nicht schlechter sein als die Männer – und die Männer wiederum strengten sich an, um von den Frauen nicht übertroffen zu werden.
Lediglich Zacharias und seine Anhänger – drei oder vier Familien –, in eine Ecke zurückgezogen, weigerten sich, an den Schießübungen teilzunehmen. Ich nötigte sie nicht. Immerhin hatte Lieutenant Levy mit seiner eigenwilligen Auslegung des „Buches“ schon weitaus mehr erreicht, als ich zu hoffen gewagt hatte.
Neue Zuversicht ergriff von mir Besitz. Das Versprechen, das ich den Pilgern gegeben hatte – sie zurückzu-

führen zur angestammten Heimat, der Erde –, war kein leeres Wort mehr. Die Ratmen würden ihr blaues Wunder erleben.
Die Gefahr, die jenseits der schützenden Mauern unserer harrte, war nicht geringer geworden – aber im Gegensatz zu früher konnte ich ihr begegnen mit einer kleinen Armee. Innerhalb weniger Stunden hatten sich die Gewichte zu unseren Gunsten verschoben.
Nach rasch eingenommenem Abendessen setzten wir, beim flackernden Schein der Öllampen, die Schießübungen fort bis in die tiefe Nacht.
Lieutenant Torrente seufzte, als er meine ungeschickten Versuche im Umgang mit Pfeil und Bogen sah.
„Sir", bemerkte er mit mildem Tadel, „aus Ihnen wird auf gar keinen Fall ein Meisterschütze."

Noch vor Sonnenaufgang hatten Lieutenant Torrente und ich den Sportpalast verlassen, um die Umgebung zu erkunden und die neue Marschroute festzulegen.
Nach wie vor war mein Ziel, den silbernen Kubus zu erreichen. Je mehr ich die PILGRIM 2000 kennenlernte, desto mehr glaubte ich, ihre Konstruktion zu durchschauen – und desto mehr festigte sich meine Überzeugung, daß der silberne Kubus die rettende Schleuse enthielt.
Die Erkundung war erfolgreich: Eine halbe Meile vom Sportpalast entfernt, verlief eine Straßenschlucht, die in die gewünschte Richtung führte. Nachdem wir ihr eine Weile gefolgt waren, ohne auf Ratmen zu stoßen, kehrten wir um.
Im Sportpalast empfing uns bedrücktes Schweigen. Die Pilger, von den Männern der *Kronos* umringt, drängten

sich mit blassen Mienen und hängenden Köpfen in einer Ecke.
Captain Romen sah uns eintreten und eilte uns entgegen. „Dieser Zacharias!“ sagte er. „Man hätte ihn fesseln und knebeln sollen! Er muß über Nacht den Verstand verloren haben.“
Ich sah mich um, vermochte Zacharias nicht zu entdekken und fragte: „Was hat er angestellt?“
„Was er angestellt hat?“ Captain Romens empörte Geste enthielt bereits die Antwort. „Abgehauen ist er, Sir! Kaum daß Sie wegwaren, hat er sich mit seinen Anhängern aus dem Sportpalast gestohlen.“
„Und niemand hat das bemerkt?“
„Nur Jeremias, Sir. Wir andern waren beschäftigt.“
Ich eilte zu Jeremias. Der alte Mann empfing mich mit dem Ausdruck tiefen Leides.
„Es ist geschehen, was ich befürchtete, Commander. Ich konnte ihn nicht aufhalten. Ich vermag nicht einmal zu sagen, ob nicht er derjenige von uns beiden ist, der recht hat.“
Jeremias war erschüttert. An seiner Seele nagte der Zweifel. Ich mußte ihm neuen Mut geben.
„Hat er gesagt, was er vorhat?“
Jeremias zögerte. Schließlich überwand er sich und sagte: „Er hat gesagt, Sie und ich und wir alle – wir wären verrückt und böse. Die Erde gäbe es nicht mehr – und darum wäre es sinnlos, Ihnen noch länger zu folgen. Sie hätten nichts anderes im Sinn, als uns in der Schule der Gewalt zu unterweisen. Er zöge es vor, zurückzukehren in das Dorf, um dort nach dem Gesetz des Buches zu leben.“
Ich erstarrte.
„Er will also zurück?“

„Er und alle jenen, die auf ihn gehört haben: Vier Männer mit ihren Frauen und Kindern.“
Ich sah auf die Uhr.
„Wie lange ist das her?“
„Er verließ uns, als die Sonne aufging.“
Eine knappe Stunde war mithin seit Zacharias’ Aufbruch vergangen. Weit konnte er in der Zeit nicht gekommen sein: ohne Lieutenant Torrente und ohne Machete.
Einen Atemzug lang war ich schwankend.
Einerseits hatte uns der Eiferer lange genug zu schaffen gemacht, so daß meine erste Regung, ihn sich und seinem Schicksal zu überlassen, halbwegs entschuldbar war. Andererseits – und diese Überlegung gab den Ausschlag – war ich der letzte, um ihn zu richten. Er verhielt sich, wie er glaubte, sich verhalten zu müssen. Offenbar wollte es ihm nicht in den Sinn, daß er in sein Verderben rannte – oder er nahm dies, um seinem Gewissen nicht untreu zu werden, in Kauf. Im letzteren Fall gebührten ihm Achtung und Bewunderung. Daß er die Existenz der Erde leugnete – wer wollte ihm das vorwerfen?
Ich sagte: „Jeremias, teilen Sie den Pilgern mit, daß der Abmarsch sich verzögert.“
Jeremias sah mich fragend an.
„Was haben Sie vor, Commander?“
„Ich werde diesen Narren zurückholen, bevor die Ratmen mit ihren Pfeilen ihn zum Igel machen.“
Lieutenant Torrente stand mit geschultertem Bogen abwartend bereit. Ich stieß ihn an. Wir eilten zum Ausgang. Sergeant Caruso, der dort die Wache hatte, trat beiseite.
Ich sagte:
„*Maestro,* sorgen Sie dafür, daß die Leute was zu beißen bekommen! Das spart uns eine Mittagsrast.“

Lieutenant Torrente winkte. Er hatte die Spur aufgenommen, und nun folgte er ihr: unbeirrbar und unermüdlich wie ein Jagdhund.
Zacharias und seine Anhänger gingen offenbar den Weg zurück, den wir gekommen waren. Die ersten Schritte mochten ihnen leichtfallen, aber früher oder später mußten sie erfahren, was es bedeutete, sich auf eigene Faust einen Weg zu bahnen durch dieses verwunschene Labyrinth aus Beton, Kunststoff und überschäumendem Dschungel. Glaubte Zacharias ernsthaft daran, ohne wegeskundigen Führer den Sumpf überqueren zu können, der sich vor der Stadt erstreckte? Er hatte sich viel vorgenommen – auf seine Weise nicht weniger als ich.
Der Pfad schlängelte sich unter der Kabinenbahn hindurch, umging ein längliches, scheunenartiges Gebäude, das sich dank einer verwitterten Aufschrift als *Brandwache III* zu erkennen gab, verwandelte sich in eine bemooste Treppe und öffnete sich schließlich, bevor er erneut im Dschungel untertauchte, zu einem von Bänken gesäumten, gleichfalls bemoosten großen Viereck, in dessen Mitte sich ein versiegter Springbrunnen aus imitiertem Granit erhob.
Auf der Treppe blieb Lieutenant Torrente stehen und hob warnend die Hand.
„Hören Sie das, Sir?"
In unmittelbarer Nähe pfiff eine Ratte.
Auf der Flucht vor den Ratten hatten Lieutenant Stroganow und ich auf diesen Stufen vorübergehend Stellung bezogen – bis wir sicher sein durften, daß die Pilger außer Gefahr waren. Wäre die Ratte schon damals dagewesen, hätte sie uns auffallen müssen.
Lieutenant Torrente verzog angewidert das Gesicht und

setzte sich wieder in Bewegung. Dann sah ich, daß er erschüttert das Haupt senkte und sich abwandte.
Der erhöhte Platz mußte als Stätte der Erholung errichtet worden sein. Bevor der Dschungel die Stadt unter sich begrub, mußte man von dieser Stelle aus einen guten Blick gehabt haben: hinüber über den See und zu den immergrünen fruchtbaren Feldern des Hinterlandes.
Zacharias und seine Anhänger waren nicht weit gekommen.
Auf diesem Platz mit dem Brunnen war ihr Weg zu Ende.
Der Anblick des Todes ist immer schrecklich, auf der Erde ebenso wie auf einem fremden Planeten. Er wirft Fragen auf, immer die gleichen, auf die es keine Antwort gibt. Aber mit der Zeit, je öfter man ihm begegnet, lernt man, ihn zu ertragen.
Ich wendete mich nicht ab. Stärker als alles Erschrecken war mein Verlangen nach Gewißheit.
Es waren nicht die toten Pilger, die mich entsetzten – wenngleich die Erkenntnis, zu spät gekommen zu sein, Entsetzen genug bedeutete. Doch was dies anging, war ich ohne Schuld. Was mich mit Schauder erfüllte, war etwas anderes.
Die pfeilgespickten Leichen der Pilger waren von den Ratmen zusammengetragen und sorgfältig zu einer Pyramide geschichtet worden. Und auf der Spitze der menschlichen Pyramide, auf der blutigen Brust von Zacharias, saß eine terriergroße struppige Ratte und pfiff.
Die Art, wie die Ratte pfiff, war mir bekannt.
Die Ratte war ein Kundschafter.
Ihr Pfiff war das vereinbarte Signal zum Sammeln.
Die Ratte auf der Pyramide rief ihre Artgenossen zusammen: die vieltausendköpfige Armee.

Lieutenant Torrente hatte sich gefaßt. Mit ruhigen, überlegten Bewegungen nahm er den Bogen von der Schulter und legte einen Pfeil auf die Sehne.
Mir kam ein Gedanke, und ich sagte:
„Warten Sie damit einen Augenblick, Lieutenant!"
Danach nahm ich den Helm zur Hand, überprüfte den Batteriestand, überzeugte mich davon, daß eine frische Kassette eingelegt war, und schaltete das Mikrofon auf Aufnahme.
Die Ratte kümmerte sich nicht um unsere Anwesenheit. Sie beäugte uns mit ihren dreisten Knopfaugen, aber sie wich keinen Zoll zurück. Und sie hörte auch nicht auf, einen schrillen, mißtönenden Pfiff nach dem anderen auszustoßen.
Einige Minuten lang ließ ich das Band laufen, dann schaltete ich das Gerät ab und hängte den Helm wieder über die Schulter. Irgendwann einmal mochte diese Bandaufnahme mir als Beweisstück dienen – später, daheim in Metropolis, sobald ich den Report dieser Reise zu Papier brachte.
Ich nickte.
Lieutenant Torrente bekam harte Augen. Er hob und spannte den Bogen.
Der Pfeil durchbohrte die Ratte und schleuderte sie ins Gebüsch.
Nun, endlich, war die Stille die des Todes: feierlich und voller Würde.

Als wir den Rückmarsch antraten, war ich ein von Selbstvorwürfen geplagter Mann, der, um das Maß seines Versagens vollzumachen, an Wahnvorstellungen und Halluzinationen litt. Auf Schritt und Tritt glaubte ich, die

schrillen, mißtönenden Pfiffe zu vernehmen, und jedes raschelnde Blatt und jedes Knacken eines trockenen Astes ließ mich zusammenzucken und nach der Waffe greifen. Die Angst saß mir im Nacken.
Ein einzelner Kundschafter brauchte nicht unbedingt etwas zu bedeuten. Die Wahrscheinlichkeit, daß Hunderte oder gar Tausende solcher Kundschafter die Stadt durchstreiften, war groß. Andererseits ließ sich aus dieser abscheulichen Begegnung die Annahme ableiten, daß die Rattenarmee keinesfalls daran dachte, die Fahndung nach den Leuten einzustellen, die einer ihrer Abteilungen die Niederlage in der Remise bereitet hatten.
Die Annahme war nicht abwegig. Die Ratten waren auf dem besten Wege, sich zu intelligenten Wesen zu entwikkeln: zu einer Gesellschaft ohne die Ansprüche des Menschen. Primitive Regungen, in denen Instinkt und Überlegung zusammenflossen, waren ihnen durchaus zuzutrauen – und Rache war eine solche Regung.
Ich beschloß, mit dem Abmarsch aus dem Sportpalast nicht länger zu zögern. An ein Bestatten der Toten war jetzt nicht zu denken.
Vor dem Tor zur Arena erwartete mich mit allen Anzeichen freudiger Aufregung und höchster Ungeduld ein rothaariges zappelndes Männchen.
„Sir ...“
Ich war erschöpft, erschüttert und zutiefst beunruhigt. Mit Küchenproblemen hatte ich nichts im Sinn.
„Später, *maestro!*“
Sergeant Caruso hüpfte von einem Bein auf das andere.
„Sir, es ist wichtig.“
Meine Nerven vibrierten. Nur unter Anstrengung gelang es mir, mich zu beherrschen.

„Wichtig ist allenfalls, daß wir keine Zeit verlieren, Sergeant. Nehmen Sie gefälligst Ihren Platz in der Kolonne ein!"
Das rothaarige Männchen hüpfte neben mir her und zupfte mich am Ärmel.
„Sir, es ist sogar sehr wichtig – ungeheuer wichtig!"
Ich hielt an. Wenn Sergeant Caruso auf diese Weise anfing, war er nicht abzuschütteln. Mit einem Seufzer sagte ich:
„Was, zum Teufel, kann so wichtig sein, daß Sie sich an mir festhaken wie eine Klette?"
Sergeant Caruso warf den Kopf in den Nacken und strafte mich mit einem eisigen Blick.
„Sir, ich war gerade im Begriff, es Ihnen zu erklären ..."
Ich gab Lieutenant Torrente zu verstehen, er möge ohne mich weitergehen, um den Abmarsch vorzubereiten, und wandte mich wieder an meinen sommersprossigen Plagegeist.
„Also dann, erklären Sie ... aber tun Sie das um Himmels willen kurz und bündig!"
„Wie das meine Art ist", beteuerte Sergeant Caruso ohne eine Spur von Verlegenheit. „Eigentlich ging es mir ja nur um die Verpflegung ..."
Ich explodierte.
„Sergeant Caruso, kommen Sie zur Sache!"
Der *maestro* zog sich vorsichtshalber ein Stück zurück.
„Das ist die Sache, Sir. Wie gesagt, es ging um die Verpflegung. Sie selbst hatten angeordnet, ich sollte den Pilgern was auf den Tisch bringen. Aber woher nehmen und nicht stehlen? Enrico, habe ich mir gesagt, sieh dich um! Der Rat war goldrichtig. Ich habe mich umgesehen. Also, was die Verpflegung angeht, war das ein Schlag ins Was-

ser. Keine Konserven, kein Bier. Nichts. Überhaupt nichts. Nun, ich wollte schon aufgeben – aber da sagte mir eine innere Stimme: Nimm dir, wenn du schon mal da bist, auch die Ehrentribüne vor! ... Sie verstehen, Sir? Es hätte ja sein können, daß einer von den fetten Kerlen, wie sie immer auf solchen Ehrentribünen sitzen ..."
„Sergeant Caruso!" sagte ich warnend. „Meine Geduld geht zu Ende."
Der *maestro* blieb diesmal standhaft.
„Sir", sagte er, „Sie werden's nicht glauben ... Ich bin da auf was gestoßen. Ehrlich, Sir ... meine erste Reaktion war: Enrico Caruso, du spinnst! ... Aber das Ding existiert."
„Was für ein Ding?" fragte ich gequält.
Sergeant Caruso sah mich an wie ein Fuchs, der gestreichelt werden möchte.
„Die korrekte Bezeichnung für das Ding, Sir", sagte er, „ist Schleuse."
Einen Atemzug lang glaubte ich, er nähme mich auf den Arm. Dann packte ich ihn an beiden Schultern.
„Sergeant Caruso – sind Sie sich Ihrer Sache sicher?"
Das rothaarige Männchen lächelte stolz.
„Todsicher, Sir."
Von der Schleuse trennten uns nur wenige Schritte. Sie befand sich, wie Sergeant Caruso gesagt hatte, hinter der Ehrentribüne. Es gab mehrere Fahrstühle und – für den Notfall – einen von Hand zu öffnenden Lukendeckel. Ein gelbes Hinweisschild trug die Aufschrift

SCHLEUSE VII (SPORTLER-SCHLEUSE)

Dies war der einmalige Augenblick, wo ein Commander seinen Koch umarmte.

14.

Captain Romen als Pilot, Lieutenant Stroganow als Navigator und Lieutenant Xuma als I. Bordingenieur waren dazu bestimmt worden, die Überführung der *Kronos* in die Hand zu nehmen. Ich selbst wollte entgegen meiner ursprünglichen Absicht mit dem Rest der Männer bei den Pilgern zurückbleiben, wo ich nunmehr dringender benötigt wurde. Die Überführung des Schiffes von einem Ort zum anderen war eine unproblematische Angelegenheit, und Captain Romen fühlte sich kräftig genug, um damit fertig zu werden.
Ich gab den drei Männern das Geleit bis zur Schleuse. Während sie die Raumanzüge anlegten, die wir dank Sergeant Caruso nicht am Orte unseres Einstieges zurückgelassen hatten, wechselten wir die letzten Worte: unbeholfene, hölzerne Sätze, hinter denen sich die Beklommenheit eines ungewissen Abschieds verbarg.
Da eine genaue Orientierung nicht möglich war, rechneten wir mit einer Trennung von wenigstens vierundzwanzig, höchstens jedoch achtundvierzig Stunden – voraus-

gesetzt, daß die drei Männer auf der Oberfläche des künstlichen Planeten in keine kosmischen Stürme gerieten und im übrigen pausenlos marschierten.
Nach Überführung der *Kronos,* so kamen wir überein, würden sie entweder den Versuch unternehmen, das Schiff mit der Schleuse zu koppeln – oder aber, falls sich dies als undurchführbar erwies, eine hermetische Galerie errichten, um den Pilgern das Überwechseln von der PILGRIM 2000 auf die *Kronos* zu ermöglichen.
Lieutenant Stroganow und Lieutenant Xuma hatten einen schweren Hammer aufgetrieben und mitgeschleppt. Damit bearbeiteten sie keuchend den rostigen Lukendeckel. Schließlich war es so weit, daß das Handrad sich drehen ließ. Knarrend schwang der Deckel auf. Dahinter gähnte Dunkelheit.
Captain Romen setzte den Helm, den er sich gerade überstreifen wollte, noch einmal ab und ergriff meine Hand.
„Sir", sagte er, „ich komme mir vor wie ein feiger Flüchtling. Wenn ich daran denke, daß Sie hier zurückbleiben..."
Ich preßte seine braune, sehnige Hand.
„Reden Sie kein dummes Zeug, Captain!" erwiderte ich. „Sie tun nur, was getan werden muß. Von Ihrer Ausdauer und von Ihrer Schnelligkeit hängt möglicherweise unser aller Leben ab. Beeilen Sie sich!"
Captain Romen sah mir fest in die Augen.
„Verlassen Sie sich auf uns, Sir", gab er zurück. „Wir werden keine Minute verlieren."
Er streifte den Helm über, ließ die Arretierung einrasten und griff nach den Handschuhen – und erst, als er, auf diese Weise vermummt, scheinbar unbeholfenen Schritts

auf die Schleuse zuging, Mensch einer Epoche, die sich freigemacht hatte von irdischer Schwerkraft, um den befreienden Flug anzutreten zu den Sternen, und erst als er dabei achtlos über den Bogen hinwegstieg, der ihn bis zu diesem Augenblick begleitet hatte, ging mir in vollem Umfang auf, was es für die Pilger bedeuten mochte, der PILGRIM 2000 den Rücken zu kehren. Ihr Mut verdiente Bewunderung. Zwischen ihnen und diesem silbrig glänzenden Astronauten lag die Kluft von Jahrhunderten.
Captain Romen tauchte in den dunklen Schlund der Schleuse. Die beiden Lieutenants winkten mir noch einmal zu und zwängten sich hinter ihm her. Der Lukendekkel fiel dröhnend zu und wurde von innen verriegelt. Ich warf einen Blick auf die Uhr und merkte mir den Zeigerstand. Das Warten auf die *Kronos* hatte begonnen. Ich wandte mich ab, um zurückzugehen.

Ich befand mich auf halbem Wege, als ich einsehen mußte, daß es mit Warten allein nicht getan war. Der verhängnisvolle Planet dachte nicht daran, uns so einfach freizugeben – ohne eine letzte, ernsthafte Anstrengung, das Urteil, das er längst über uns verhängt hatte, auch zu vollstrecken.
Ich vernahm laute, erregte Stimmen, die immer wieder übertönt wurden vom schrillen, wütenden Pfeifen der Ratten, und begann zu laufen.
Meine böse Ahnung bewahrheitete sich: schlimmer, erschreckender und brutaler, als ich bis zuletzt noch befürchtet hatte.
Der kurze Friede, der uns beschieden gewesen war, hatte sein Ende gefunden. Die Stunde der Entscheidung, der

auszuweichen ich immer wieder versucht hatte, war unerbittlich nähergerückt.
Im Sportpalast wimmelte es von Ratten.
Meine Männer und die Pilger traten und droschen um sich – doch schon ein einziger Blick genügte mir, um zu erkennen, daß sie sich auf verlorenem Posten befanden. Womit sie sich herumschlugen, war alles andere als eine Vorhut oder eine versprengte Abteilung. Die Zahl der angreifenden Ratten wurde von Sekunde zu Sekunde größer. Die eigentliche Gefahr ging nicht von dieser ersten eingesickerten Kompanie aus; mit ihr allein hätte man noch irgendwie fertig werden können. Die wirkliche Bedrohung sammelte sich im Hintergrund. Dort formierten sich unter den schrillen Pfeiftönen einiger besonders kräftiger Exemplare ganze Bataillone und Regimenter.
Anders läßt es sich nicht beschreiben: Eine strenge, militärisch anmutende Disziplin hielt die Armee der Ratten in Zucht. Es gab deutlich erkennbare Unterschiede in der Rangordnung. Das Gros bestand aus dem gemeinen Fußvolk; die Offiziere – groß, stark und kräftig wie wohlgenährte Bullterrier, mit überlangen, fetten schwarzen Schwänzen – preschten pfeifend zwischen den Formationen auf und ab. Die Bataillone und Regimenter sammelten sich für den entscheidenden Angriff.
Lieutenant Torrente löste sich aus dem Getümmel und kam auf mich zugerannt – mit zerschrammten Gesicht und blutender Hand.
„Sir, gut daß Sie da sind ...“
Um zu einer Entscheidung zu kommen, benötigte ich Gewißheit. Ich fragte:
„Wie ist das passiert?“

Im gleichen Augenblick sprang eine Ratte an mir hoch und verbiß sich in meinen Ärmel. Es gelang mir, sie abzuschütteln – und als sie mit wütendem Pfeifen vor mir auf dem Rücken lag, versetzte ich ihr einen Tritt.
Lieutenant Torrente sah sich um. Ein erstes Regiment setzte sich soeben in Bewegung. Lieutenant Levy und Sergeant Caruso stellten sich ihm in den Weg. Auf ihren erhobenen Armen ruhte eine schwere Tür – offenbar von ihnen irgendwo ausgehängt, um damit eine Barrikade zu errichten. Nun benutzten sie die Tür als Waffe. Als das Regiment heran war, ließen sie die Tür fallen. Die Ratten schrien auf und fluteten zurück – doch mindestens eine Kompanie von ihnen blieb unter der Tür zurück: verletzt oder tot.
„Wie das passiert ist, Sir?" Lieutenant Caruso nutzte die kurze Kampfpause, um sich den Schweiß aus den Augen zu wischen. „Sie sind durch die Kanalisation gekommen. Auf einmal waren sie da."
Und durch die Kanalisation würden immer neue Regimenter und Bataillone eindringen – so erbittert wir uns auch zur Wehr setzten. Der Sportpalast war eine Festung, die jeden Augenblick fallen mußte. Wie alle Festungen hatte auch diese ihren schwachen Punkt, und die Ratten hatten ihn herausgefunden.
Ich traf die Entscheidung.
Darüber nachzudenken, ob sie von allen möglichen Entscheidungen die beste war, blieb mir keine Zeit. Irgend etwas mußte geschehen – und zwar sofort, bevor sich in den vorübergehend in Verwirrung geratenen Reihen der Ratten frischer Kampfgeist durchsetzen konnte. Der Sportpalast mußte geopfert werden; ihn noch länger zu verteidigen war sinnlos. Andererseits war an einen

Rückzug in ein anderes Stadtviertel, wie ich ihn unter anderen Umständen wohl angetreten hätte, nicht zu denken. Die drei Männer der *Kronos* waren auf dem Wege – und wir mußten die Schleuse für die Dauer der nächsten vierundzwanzig bis achtundvierzig Stunden behaupten. Hier galt es, sich festzubeißen. Eine andere Schleuse – jene im silbernen Kubus – gab es für uns nicht mehr. Hier im Stadion von Pilgrimville mußten wir überleben oder zugrunde gehen.

„Lieutenant Torrente, sorgen Sie dafür, daß die Pilger den Sportpalast räumen!"

„Und wohin, Sir, soll ich die Leute führen?"

Ich dachte an die unzulänglichen Verteidigungsmöglichkeiten, die uns das Stadion bot, an die unübersichtlichen Ränge, die sich rings um das ungeschützte Oval zu schwindelnder Höhe türmten – es gab nur eine einzige Antwort.

„Die Leute sollen unter der Ehrentribüne in Stellung gehen – mit dem Rücken zur Schleuse!"

Lieutenant Torrente bekam schmale Augen – und ich ahnte, daß er das gleiche dachte und befürchtete wie ich: daß wir alsbald vom Regen in die Traufe geraten würden, ohne doch eine bessere Wahl zu haben –, aber er gehorchte.

„Aye, aye, Sir."

Er stürzte los.

Wenig später begannen sich die Pilger aus der Schlacht zu lösen und zurückzuziehen. Die Männer – bewaffnet mit Keulen, Paddeln und Stangen – bildeten dabei eine letzte Verteidigungslinie.

Ich rief Lieutenant Levy und Sergeant Caruso zurück, bevor sie abgeschnitten wurden.

Auch sie bluteten aus zahlreichen Schrammen und Bißwunden.
Ich wies sie an, das Tor zu schließen und zu verriegeln. Sie begriffen meine Absicht und beeilten sich, den Befehl auszuführen, ohne daß ich ihn zu begründen brauchte. Die massiven Aluminiumflügel des Tores krachten zu, bevor die Ratten die neue Situation erfaßt und sich darauf eingestellt hatten. Jenseits des Tores erhoben sich ihre Stimmen zu einem wütenden Protest.
„Für eine Weile", sagte ich, „sollten wir Ruhe haben."
Lieutenant Levy fuhr sich mit dem Ärmel über das verschwitzte, blutige Gesicht.
„Fragt sich nur – wie lange", bemerkte er, um dann im Zustand völliger Erschöpfung und mit versagender Stimme hinzuzufügen: „... Sir."
Wie lange? Das war die Frage. Der Rückzug war uns gelungen, doch damit war nichts entschieden. Indem wir den Ratten den Sportpalast überließen, hatten wir uns allenfalls einen Aufschub erkämpft. Früher oder später würden die Rattenoffiziere zum Kriegsrat zusammentreten und die neue Lage erörtern – und dann konnte es nicht ausbleiben, daß sie dazu übergingen, die Armee auf dem gleichen unterirdischen Wege, auf dem sie die Festung betreten hatte, wieder hinauszuführen: zu neuer Erkundung, zu neuer Verfolgung, zu neuem Angriff.
Diese Frist galt es zu nutzen.
Als ich, von Lieutenant Levy und Sergeant Caruso begleitet, im Stadion eintraf, waren die Pilger unter Lieutenant Torrentes Anweisung bereits damit beschäftigt, die Verteidigung zu organisieren. Dabei kamen ihnen ihre

eigenen Erfahrungen zugute: Lange genug hatten sie hinter Palisaden gelebt.
Die Ehrentribüne bestand aus solidem Beton. Der Hohlraum, den sie bildete, war groß genug, um uns alle aufzunehmen. Die Kinder und die Schwachen waren bereits darin untergebracht. Alle anderen Pilger, Männer wie Frauen, arbeiteten im Vorfeld.
Die Stellung bot den Vorteil, daß sie unmittelbar mit der Schleuse verbunden war und daß sie über eine massive Decke, eine feste Rückwand und zwei halbwegs vertrauenerweckende Seitenwände verfügte. Nach drei Seiten hin war sie praktisch unangreifbar.
Ihr schwacher Punkt war die ungeschützte Vorderfront, vor der sich die leere Arena erstreckte. Hier mußte es, wie immer man die Verteidigung auch anlegte, Probleme geben. An eben dieser Stelle wuchs eine aus herausgerissenen Sitzbänken bestehende Barrikade.
Lieutenant Torrente war sich darüber gewiß nicht minder im klaren als ich, daß eine solche Barrikade den Ansturm einer ganzen Rattenarmee nicht aufhalten konnte. Aber sie mochte dazu beitragen, den Angriff zu verlangsamen und aufzusplittern.
Lieutenant Torrente sprang von der Tribüne. Es war ein Sechsmetersprung. Jeder andere an seiner Stelle hätte sich die Knochen gebrochen.
„Etwas Besseres, Sir", sagte er, „ist mir nicht in den Sinn gekommen. Wirkungsvoller wäre auf jeden Fall ein Graben, jedoch ..."
Lieutenant Torrente zuckte mit den Achseln.
„Lieutenant", sagte ich, „um eine Armee Ratten aufzuhalten, müßten Sie schon einen Wassergraben schaufeln so breit wie der Atlantik."

Er starrte auf die Pilger, die immer neue Bänke heranschleppten.
„An Wasser habe ich dabei auch nicht gedacht, Sir – eher an Benzin."
Ich machte seiner Träumerei ein Ende.
„Lieutenant, wir besitzen weder Spitzhacken, noch gibt es hier irgendwo Benzin. Und das bedeutet: Wir müssen uns mit dem zufriedengeben, was vorhanden ist."
Lieutenant Torrente ließ die Schultern hängen.
„Und das, Sir, ist verflixt wenig. Wenn die *Kronos* nicht bald zur Stelle ist, werden wir hier nicht eben sehr viel älter werden." Er sah mich an. „Mit Verlaub gesagt, Sir... Commander... wir sitzen ganz mächtig in der Scheiße."
Er hatte recht. Etwas mußte geschehen. Bislang war unser einziger Verbündeter die *Kronos:* Sobald sie zur Stelle war, durften wir aufatmen. Die Zeit arbeitete dagegen. Ein Tag – unter diesen Bedingungen – glich einer Ewigkeit. Zwei Tage waren zwei Ewigkeiten. Ich mußte die Zeit veranlassen, sich mit uns – und sei es auch nur vorübergehend – zu verbünden.
Als ich mich abwandte, fragte Lieutenant Torrente verwirrt:
„Sir, was haben Sie vor?"
Ich drehte mich noch einmal um.
„In zwei Stunden spätestens sollte ich zurück sein... Falls nicht – so übernehmen Sie hier das Kommando."

Ich machte mir nichts vor: Es war ein verzweifelter Entschluß – genauso aussichtsreich, wie wenn ein Ertrinkender nach einem Strohhalm greift. Einen Versuch war er wert. Ging er fehl, so hatte ich zumindest nichts verlo-

ren. Ich hatte im Augenblick auch gar keine andere Wahl.
Das Glück war mir hold. Als ich am Sportpalast anlangte, waren die ersten Ratten soeben im Begriff, sich aus der geborstenen Kanalisation zu zwängen. Ihre Reaktionen waren dabei kaum anders als die eines Menschen, der aus der Dunkelheit hinaustritt in das Licht. Die Ratten waren geblendet und schienen Schwierigkeiten mit der Orientierung zu haben. Es gelang mir, an ihnen vorüberzukommen, ohne von ihnen bemerkt zu werden.
Immerhin enthielt diese Beobachtung die Bestätigung für meine Vermutung.
Der Kriegsrat der Ratten war beendet. Die Armee verließ die eroberte, aber für sie unnütze Festung, um sich im Freien neu zu formieren.
Wie lange mochte es dauern, bis sie uns aufgespürt haben würde – hinter unseren hölzernen Barrikaden, mit denen man allenfalls eine Herde Schafe aufhalten konnte?
Ich mußte handeln, bevor die ersten Kundschafter ausschwärmten und fündig wurden. Noch schienen sie nicht unterwegs zu sein – aber das war nur eine Frage der Zeit. Früher oder später würden sie ausrücken, um die Stadt nach dem so überraschend verschwundenen Feind abzusuchen – und irgendwann mußte dabei einer von ihnen auch unweigerlich das Stadion betreten.
Ich schlug den Pfad ein, der mir bereits bekannt war – den Pfad, den auch Zacharias und seine Anhänger gezogen waren bis hin zu jenem unseligen Ort, an dem die Ratmen über sie hergefallen waren.
In den letzten Stunden hatte ich kaum noch an die Ratmen gedacht. Nun erst, auf meinem atemlosen Marsch durch den Dschungel, fielen sie mir wieder ein und ver-

anlaßten mich, den geschulterten Bogen zurechtzurükken und einen Pfeil im Köcher zu lockern: eine überflüssige Geste, wie ich mir gleich darauf eingestand. Ich war allein und in den steinzeitlichen Bräuchen des Buschkrieges alles andere als beschlagen. Die Ratmen – sofern ich ihnen in die Arme lief – würden leichtes Spiel haben. Mit einer neuzeitlichen Schußwaffe wußte ich umzugehen. Der Bogen in meiner Hand war eine leere Drohung.

Das befürchtete Schwirren blieb aus. Die Ratmen zeigten sich nicht. Sie mochten unsere Spur verloren haben – oder aber sie waren der Verfolgung müde geworden. Sie waren primitive Wilde. Darüber nachzudenken, was in ihren Köpfen vorging, war müßig.

Ich erreichte das scheunenartige Gebäude, das die *Brandwache II* beherbergt hatte, und zog das Tor auf. Dahinter standen – in Reih und Glied, immer noch funkelnd wie vor rund neunzig Jahren – die rotlackierten Spritzenwagen des 20. Jahrhunderts: elektrisch angetrieben, gummibereift, geländeuntüchtig. Ich zwängte mich zwischen ihnen hindurch bis in die hinterste Ecke.

Meine Eingebung drohte zu zerplatzen wie eine Seifenblase. Ich war verzweifelt. Der Helm wurde benötigt, doch um den darin eingebauten Recorder zu lösen, bedurfte es eines Schraubenziehers, über den ich nicht verfügte.

Ich sah auf die Uhr; seit meinen Aufbruch waren fünfzig Minuten verstrichen.

Die Zeit war noch immer der Feind.

Ich setzte den Helm ab, rannte zum nächsten Spritzenwagen, riß den Schlag auf und schob eine Hand unter den Sitz.

An den Gepflogenheiten der Menschen hatte sich im Verlauf eines Jahrhunderts nichts geändert: Unter dem Sitz verbarg sich der Werkzeugkasten. Ich entnahm ihm den Schraubenzieher, den ich benötigte, und eilte zum Helm zurück.
Nie hatte ich hastiger gearbeitet – und niemals gründlicher. Ich zog den Recorder aus dem Helm, entnahm ihm die Kassette, öffnete diese, machte aus dem Band eine endlose Schleife, steckte die Kassette zurück in das Gerät, plazierte dies auf einem Trittbrett und ließ es anlaufen.
Die Aufnahme war technisch perfekt; selbst das geschulte Ohr eines Toningenieurs wäre – auf einige Schritte Distanz hin – auf sie hereingefallen.
Das Band lief.
Ich nahm den Helm auf, hängte ihn mir wieder über die Schulter und rannte los.
Das schrille, mißtönende Pfeifen folgte mir.
Ich hörte es, als ich die Brandwache verließ, und ich hörte es noch immer, als ich mich längst dem Stadion näherte.
Zugleich aber hörte ich auch noch etwas anderes – etwas, was eine gewisse Ähnlichkeit hatte mit dem Geräusch einer ferner Brandung – nur daß es nicht fern war, sondern bereits ganz in meiner Nähe. Es rührte auch von keinem Wellenschlag her, sondern vom Getrappel unzähliger Pfoten.
Ich wartete nicht ab, bis es heran war. Ich griff nach dem nächstbesten Ast, zog mich hoch auf einen Baum und schwang mich von dort hinüber auf die Mauer. Die Anstrengung trieb mir rote Schleier vor die Augen. Ich rang nach Luft und wurde mir der Tatsache bewußt, daß ich in die Jahre kam.

Allmählich sah ich klarer.
Wieder einmal schnürte mir der Ekel die Kehle zu. Der Gestank, der aus der Tiefe zu mir emporstieg, war schlimmer als jede Pest.
Den Dschungelpfad entlang wälzte sich der graue Heerzug – ein Rattenbataillon nach dem anderen, die ganze Armee –, wie magisch angezogen von den schrillen, mißtönenden Pfiffen eines fündig gewordenen Kundschafters, der zum Sammeln rief.
Die Armee der Ratten befand sich auf dem Marsch zur *Brandwache II.*

15.

Der Strohhalm, nach dem ich griff, hatte sich als Balken erwiesen. Für die Dauer von ein paar Stunden war die Zeit zu unserem Verbündeten geworden. Die Ewigkeit, die uns vom Eintreffen der *Kronos* trennte, war um einiges verkürzt.

Bevor die Sonne unterging, schritt ich den Halbkreis der Barrikaden ab. Sie waren übermannshoch und stemmten der Arena ihre glatte, abweisende Fläche entgegen. Lieutenant Torrente und die Pilger hatten hervorragende Arbeit geleistet – Wunder durfte man von ihnen schließlich nicht erwarten, so sehr wir eines solchen auch bedurften. Auf jeden Fall würden uns die Barrikaden helfen, weitere Zeit zu unserem Verbündeten zu machen – wiederum ein paar Stunden, gewiß aber nicht genug. Ich machte mir nichts vor. Die *Kronos* konnte nicht früh genug eintreffen. Man konnte es auch anders formulieren: Je länger die *Kronos* auf sich warten ließ, desto hoffnungsloser wurde die Lage.

Lieutenant Levy und Judith, Hand in Hand, traten an mich heran.

„Sir, hätten Sie eine Minute Zeit?“
Ich blickte in zwei ernste, feierliche Gesichter.
„Die Arbeit ist getan“, erwiderte ich. „Jetzt ist Zeit so ziemlich das einzige, worüber ich verfüge. Wo drückt der Schuh?“
Lieutenant Levy druckste verlegen, dann sagte er: „Sir, Judith und ich ... also, ich denke, Sie verstehen schon ... um es kurz zu machen ... wir haben beschlossen zu heiraten.“
Ich sah die beiden an. Mein Funkoffizier und Jeremias' Tochter gaben ein stattliches Paar ab. Aber statt mich an ihrem Anblick zu erfreuen, spürte ich, wie mich Trauer und Wehmut befielen. Wir lebten von einem Aufschub zum anderen, und jeder konnte der letzte sein.
„Schön“, knurrte ich. „Und wann und wo soll die Hochzeit sein?“
Lieutenant Levy und Jeremias' Tochter tauschten einen raschen Blick, und diesmal war es Judith, die sprach: „Wir möchten, daß Sie uns trauen, Commander – jetzt gleich.“

Die Trauung fand statt beim Schein einer abgeblendeten Öllampe: eine kurze, zwanglose Angelegenheit. Unter Berufung auf den entsprechenden Bordartikel, der mir dazu die Vollmacht gab, fragte ich Lieutenant Levy, ob er bereit und entschlossen sei, Judith zur Frau zu nehmen, stellte ich die umgekehrte Frage an Judith, und nachdem sie mir beide mit einem festen und unerschütterlichen Ja geantwortet hatten, erklärte ich sie für Mann und Frau.
Eine Weile später gesellte sich Jeremias zu mir.

„Glauben Sie noch immer, Commander“, fragte er leise, „daß Sie recht getan haben, als Sie uns mitnahmen auf Ihren Weg?“
Ich löschte das Licht.
Die Nacht war still. Über der Arena lag das strenge, kalte Licht fremder Sterne. Nur gelegentlich war ein leises Räuspern zu hören: die Wachen kämpften gegen den Schlaf an, der sie zu überwältigen drohte.
„Wenn ich meinen Entschluß je bereut haben sollte“, gab ich nach einer Weile zurück, „dann nicht länger als bis zu dieser Stunde.“
Jeremias drückte mir die Hand.
„Sie sind ein guter Mensch, Commander.“
Ich spürte seine Rührung und widersprach:
„Da sind viele Leute anderer Meinung.“
Jeremias legte mir seine schweren Hände auf die Schulter.
„Ich weiß nicht, wie Sie das meinen, Commander... Aber etwas zwingt mich, Vertrauen zu Ihnen zu haben. Ich spüre, Sie werden Judith und meine Leute heimführen. Das ist alles, was ich, nach diesem Tag, vom Leben noch erwarte.“
Ich fragte mich, ob Jeremias am Abend des Tages, der uns noch bevorstand, noch immer Vertrauen zu mir haben würde, doch ich sprach meine Befürchtung nicht aus.

Ich erwachte davon, daß mir die Sonne ins Gesicht stach, öffnete die Augen und setzte mich auf.
Die Anstrengungen der letzten Tage machten sich bemerkbar: Ich war von erschöpften Schläfern umgeben. Sogar die beiden Pilger, die kurz vor Tagesanbruch die Wache übernommen hatten, waren vom Schlaf überwäl-

tigt worden. Mit gesenkten Häuptern lehnten sie schnarchend an der Barrikade. Einen Herzschlag lang war ich versucht, sie zornig zurechtzuweisen, denn ihr Vergehen hätte üble Folgen haben können, doch diese Regung wurde abgelöst von Verständnis. Die Nacht war ruhig verlaufen.

Erst als ich aufstand, um einen Blick über die Barrikade zu werfen, gewahrte ich die Veränderung, die inzwischen mit dem Stadion vor sich gegangen war.

Wie immer auf der PILGRIM 2000 war auch dieser Tagesanbruch von keiner Dämmerung eingeleitet. Die Sonne ging auf, als würde ein Scheinwerfer eingeschaltet – und nun wanderte ihr Licht unaufhaltsam weiter und rollte den schwarzen Teppich der Dunkelheit auf.

Meine erste bewußte Wahrnehmung richtete sich auf die Ränge.

Die Wahrnehmung war verschwommen und unscharf, und schon wollte ich den Blick weiterschweifen lassen, als ein plötzliches Erschrecken mich dazu veranlaßte, noch einmal und diesmal genau hinzusehen.

Ich erstarrte.

Zwischen der Zeit und uns gab es kein Bündnis mehr. Ein Alptraum hatte Gestalt angenommen.

Der schwarze Teppich des Nachtdunkels rollte sich weiter auf, und die Ränge tauchten ein in das gleißende Licht einer viel zu nahen und viel zu gewalttätigen Sonne.

Am Abend zuvor waren die Ränge leer gewesen.

Ich fühlte mich zurückgeworfen in das Zeitalter der Gladiorenkämpfe. Was ich sah, konnte nach aller Erfahrung nichts anderes sein als ein böser Traum, doch mein Verstand machte mir klar, daß ich wach war und daß folglich

auch meine Wahrnehmung alles andere darstellte als einen Traum. Auf den Rängen saßen die Ratten. Ihre Zahl ließ sich nicht einmal schätzen. Sämtliche Ratten der PILGRIM 2000 mußten zusammengeströmt sein, Armeen und Armeen, und nun saßen sie auf den Rängen, stumm und erwartungsvoll, in Reih und Glied, in säuberlich voneinander geschiedenen Formationen, wie altrömische Bürger und Senatoren, die der Eröffnung des blutigen Schauspiels harren.
Und dies, von den beiden schlafenden Wachen unbemerkt, bereitete sich im Zentrum der Arena vor.
Meine zweite bewußte Wahrnehmung war kaum weniger erschreckend als die erste – ja, vielleicht übertraf sie die erste sogar: weil sie schlagartig verständlich machte, weshalb die Ratten als erwartungsvolle Zuschauer die Ränge bezogen hatten und sich im übrigen ruhig verhielten.
Ein gutes Hundert Ratmen hatte sich halbkreisförmig in der Arena aufgebaut. Vor ihnen kniete mit demütigem, verzücktem Gesicht, zottig und nur mit einem Lendenschurz bekleidet, unser ungetreuer Führer Melchior, die zur Anbetung erstarrte Gestalt einer besonders großen, besonders fetten, besonders widerwärtigen Ratte zugewandt, die auf dem unteren Rang so etwas wie einen Ehrenplatz eingenommen hatte.
Welche Stellung die Fettratte auch immer bekleiden mochte – die eines Königs, die eines Generals, die eines gewählten Präsidenten –: die Art und Weise, wie sie sich von den übrigen Ratten abhob und unterschied, verriet Selbstbewußtsein und ein hohes Maß an Autorität.
Melchior wartete darauf, daß ihm die Fettratte das Zeichen gab, den Kampf zu eröffnen.

Die Fettratte ließ sich Zeit. Aufgerichtet auf ihren spekkigen Hinterbeinen, betrachtete sie mit allen Anzeichen der Zufriedenheit und der Genugtuung die Vorbereitungen zur Schlacht.
Neben mir ließ sich ein tiefes, erschrockenes Atemholen vernehmen.
„Sir, das wird uns doch nie einer glauben ...“
Auch Lieutenant Torrente war wachgeworden und zu mir herangetreten. Über sein kupferfarbenes Gesicht hatte sich aschgraue Patina gebreitet.
Der Laut einer vertrauten menschlichen Stimme half mir, die Lähmung, die mich befallen hatte, abzuschütteln. Ich sah ein, daß jedes weitere Zögern verhängnisvoll sein mußte.
„Beeilen Sie sich, Lieutenant!“ sagte ich leise. „Wecken Sie die Leute!“
Lieutenant Torrente bezwang sein Entsetzen; die Farbe kehrte in seine Wangen zurück; er straffte sich.
„Aye, aye, Sir.“
Aus den Augenwinkeln sah ich ihn davoneilen. Ich selbst rüttelte bereits die schlafenden Posten wach – und als sie mich aus schlaftrunkenen Augen anstarrten, wies ich lediglich stumm über die Barrikade hinweg. Ich war sicher: eine härtere Lehre konnte ich ihnen nicht zuteil werden lassen.
Der Himmel mochte wissen, wie Lieutenant Torrente es fertigbrachte, daß nur wenige Augenblicke später jeder auf seinem Posten war, die Männer der *Kronos* ebenso wie die Pilger, und daß jeder den Bogen zur Hand genommen und einen Pfeil auf die Sehne gelegt hatte.
Ich winkte Jeremias zu mir heran.
„Kennen Sie die Fettratte?“ erkundigte ich mich.

Jeremias hob seine schwielige Hand über die Augen. Danach neigte er kurz den Kopf.
„Persönlich bin ich ihr nie begegnet, Commander", gab er zurück. „Aber gehört habe ich schon von ihr. Wir nennen sie die Große Ratte."
Der Bedarf der Fettratte an Huldigung schien gestillt zu sein. Sie setzte sich und fuhr sich mit beiden Vorderpfoten mehrmals über die Schnauze.
Für Melchior war das die Genehmigung, sich zu erheben. Die Fettratte sah sich nach allen Seiten hin um, faßte Melchior erneut ins Auge und stieß einen lauten Pfiff aus.
Nach einem knappen Herzschlag völliger Stille erbebte das Stadion unter dem Geheul der Zottelmänner. Sie legten ihre Bogen ab und griffen zu den Kriegsbeilen. Diese bestanden – aus Aluminium. Melchior warf beide Arme in die Luft, bellte einen heiseren Befehl, und die Schlachtreihe der Ratmen setzte sich in Bewegung. Mit dem hüpfenden Laufschritt, wie er mir schon einmal aufgefallen war, rannte sie auf unsere Barrikade zu. Die Absicht der Ratmen lag klar auf der Hand. Sie rechneten mit keinem nennenswerten Widerstand und waren davon überzeugt, die Stellung bereits im ersten Ansturm zu nehmen. Bisher hatte ich sie lediglich kennengelernt als Kämpfer aus dem Hinterhalt. Nun jedoch schienen sie entschlossen zu sein, der Fettratte einen regelrechten Kampf vorzuführen.
Nun, sie sollten erfahren, daß sie es, als sie über Zacharias und seine Anhänger herfielen, zum letztenmal mit einer leichten Beute zu tun gehabt hatten. Doch um ihnen eine solche harte Lehre zu erteilen, bedurfte es eines hohen Maßes an Disziplin und Beherrschung. Die Insze-

nierung des Angriffs zerrte an den Nerven. Mir entging nicht, daß hier und da ein Pilger schon im Begriff stand, seinen Bogen zu spannen.
Scharf sagte ich: „Lieutenant Torrente, ich lege Wert darauf, daß erst geschossen wird, sobald ich das Zeichen gebe.“
„Aye, aye, Sir.“
Lieutenant Torrente löste sich von der Scharte und rannte die Barrikade entlang.
Ich nahm den Bogen von der Schulter, zog einen Pfeil aus dem Köcher und legte ihn locker auf die Sehne.
Mit dem Heranrücken der Entscheidung gewann ich mein Selbstvertrauen zurück. Ich war völlig ruhig. Ich war wieder, wie meine Männer und auch die Pilger zu Recht von mir erwarteten, ein nüchtern denkender, nichts überstürzender Commander. Ein astrales Gefecht stand bevor – wenngleich von besonderer Art.
Die Ratmen kamen rasch näher. Ich sah in verzerrte, kaum menschenähnliche Gesichter. Ich atmete den Geruch von Wildheit. Ich hörte das Geschrei, das mehr und mehr übertönt wurde von den anfeuernden Pfiffen aus Tausenden von Rattenkehlen.
Langsam hob ich den Bogen. Über den gefiederten Pfeil hinweg richtete sich mein Blick auf jenen einen unter den Ratmen, für den es keinerlei Entschuldigung gab. Und wäre mir eine genannt worden – ich hätte sie doch nicht gelten lassen. Der Pfeil zielte auf den Mann, der sein Dorf zum zweitenmal verraten hatte; er zielte auf das Herz von Melchior.
„Fertigmachen!“
„Alle fertig, Sir!“ erwiderte Lieutenant Torrente.
Ich dachte an unsere unzulänglichen Fähigkeiten im Bo-

genschießen. Noch immer war für einen ungeübten Schützen die Entfernung zu groß – und die Pfeile wuchsen nicht nach. Ihr Vorrat war begrenzt. Der Tag indessen mochte noch lang werden.
Die Ratmen hatten sich der Barrikade auf einige wenige Schritt genähert; die ersten setzten zum Sprung an.
„Jetzt!" schrie ich und verlor dabei Melchior aus den Augen. Das Schwirren von mehr als einem Halbhundert Pfeilen übertönte sekundenlang das Heulen der Ratmen und das Pfeifen der Ratten.
Das kühle, besonnene Abwarten zahlte sich aus.
Wie ein plötzlicher Wirbelwind fuhren die Pfeile in die Reihen der Ratmen, spalteten sie auf und brachten sie in Verwirrung.
„Weiterschießen!"
Die zweite Salve gab den Ausschlag. Die Ratmen warfen sich herum, ließen ein jammerndes Wimmern hören und fluteten zurück. Eine größere Anzahl von ihnen – zu viele, um sie mit raschem Blick zu zählen – lag jedoch tot oder verwundet auf dem rotbraunen Belag der Arena und rührte sich nicht mehr.
Unter den Flüchtenden befand sich auch Melchior. Wie durch ein Wunder war er dem Pfeilregen entgangen. Ich erkannte ihn leicht, denn er überragte die gewöhnlichen Ratmen um eine Haupteslänge.
Ich legte einen neuen Pfeil auf, spannte den Bogen und erfaßte das Ziel. Der Pfeil schnellte von der Sehne.
Ein Ratman brach getroffen zusammen.
„Guter Schuß, Sir!" bemerkte Lieutenant Torrente.
Ich widersprach nicht. Lieutenant Torrente brauchte nicht zu wissen, wem mein Pfeil in Wirklichkeit gegolten hatte.

Die Entscheidung stand immer noch aus. Ein erster Angriff war abgewehrt worden – das war alles. Doch die Schlacht ging weiter.
Ich sah: Auf der anderen Seite des Stadions, zu Füßen der Fettratte, war Melchior bereits im Begriff, seine Zottelmänner zu sammeln und zu neuem Angriff zu formieren.
Ich sah noch mehr: Melchior befand sich im Zustand der Hysterie; seine Bewegungen waren fahrig; seine Befehle hörten sich an wie das Bellen eines geprügelten Hundes.
Auch Lieutenant Torrente entging das ungewöhnliche Verhalten des Renegaten nicht.
„Scheint, Sir", bemerkte er, „daß der Rattenkopf vor irgend etwas eine Heidenangst hätte."
Melchiors Heidenangst stand offensichtlich im Zusammenhang mit dem Benehmen der Fettratte.
Die Fettratte war sichtlich unzufrieden. Sie hüpfte wütend auf ihrem Platz auf und ab und stieß mißbilligende Pfiffe aus.

Ich überdachte die Situation. Sie war unverändert ernst – auch wenn wir den ersten Ansturm hatten abwehren können und dabei glimpflich davongekommen waren. Doch nur ein rechtzeitiges Eintreffen der *Kronos* vermochte uns vor dem Untergang zu bewahren. Neunundzwanzig Stunden waren seit dem Augenblick vergangen, an dem mir Captain Romen zum Abschied die Hand gedrückt hatte – nur fünf Stunden mehr, als wir im besten Falle gerechnet hatten.
Noch einmal ging ich die Barrikade ab, um hier und da ein Wort der Aufmunterung und der Zuversicht zu äußern. Ich erkannte das Paar, das ich am Abend zuvor ge-

traut hatte. Lieutenant Levy und Judith standen Seite an Seite – zwei Menschen, die beschlossen hatten, miteinander zu leben oder, wenn es so sein mußte, gemeinsam zu sterben.
Stumm nickte ich ihnen zu.
Ich nahm meinen Posten wieder ein.
Die Situation war anders geworden. Das Kriegsgeschrei der Zottelmänner blieb aus. Schweigend rückten sie vor. Um so lauter und ohrenbetäubender jedoch wurde ihr Vormarsch begleitet vom Pfeifen der Ratten.
Mir fiel auf, daß die Pfiffe anders klangen als vorhin. Sie schienen diesmal nicht der Anfeuerung zu dienen, sondern sie enthielten die wütende Aufforderung, den Kampf zu einem Ende zu bringen.
Die Stimmung der Ratten war umgeschlagen. Sie langweilten sich. Ihre Pfiffe drückten Verärgerung und Verachtung aus.
Die Ratmen trugen Pfeil und Bogen. Melchior bellte einen Befehl, und die Zottelmänner setzten sich in Trab. Als sie sich auf Bogenschußweite genähert hatten, hielten sie an. Ich erriet ihre Absicht und rief:
„... 'runter mit den Köpfen! Deckung!“
Ein wahrer Hagel von Pfeilen ging über der Barrikade nieder, ein schwirrendes Trommelfeuer, das kein Ende zu nehmen schien. Melchior mußte beschlossen haben, die Stellung, bevor er sie erneut angriff, sturmreif zu schießen. Ein wütender Hornissenschwarm schien über der Barrikade zu kreisen.
Ich vernahm einen tiefen Seufzer und drehte mich um. Jeremias lehnte mit erschöpftem Gesicht und halbgeschlossenen Lidern an der Barrikade, und seine Hände umklammerten mit einer verzweifelten Gebärde, als

könnten sie das Schicksal doch noch wenden, den Pfeil, der tief in seiner Brust steckte.
Ich ließ den Bogen fallen, kroch heran und fing den alten Mann mit meinen Armen auf. Erneut begannen die wütenden Hornissen zu kreisen. Die Ratmen waren Meister im Bogenschießen. Ihre Pfeile regneten fast senkrecht herab.
Jeremias Lippen bewegten sich.
„Kümmern Sie sich ... um die andern ... Commander. Ich bin ... nur ein alter ... unnützer Mann."
Ich untersuchte, so gut sich das in der Eile tun ließ, die Wunde. Der Pfeil mußte herausoperiert werden – und dazu bedurfte es der *Kronos*. Dort gab es alles: sterile Instrumente, Medikamente, Blutkonserven, heilende Strahlen.
„Jeremias!"
Der alte Mann kauerte mit blutleerem Gesicht am Fuß der Barrikade.
„Jeremias!"
Der alte Mann sah zu mir auf.
„Jeremias!" wiederholte ich. „Ihnen kann geholfen werden. Die *Kronos* wird uns nicht im Stich lassen. Wichtig ist nur, daß Sie sich bis dahin ruhig verhalten."
Jeremias bedachte mich mit einem fernen Lächeln.
„Schon gut, Commander ... schon gut."
Ich überließ ihn sich selbst. Die Hornissen hatten plötzlich aufgehört zu schwärmen – das konnte nur eines bedeuten. Ein Blick über die Barrikade verschaffte mir Gewißheit. Die Ratmen hatten den Beschuß eingestellt – doch nur, um erneut zum Sturmangriff überzugehen.
Lieutenant Torrente stellte sich neben mich.
„Hat es Jeremias schwer erwischt, Sir?"

„Schlimm genug", erwiderte ich. „Wenn die *Kronos* nicht bald eintrifft, wird er sterben."
„Die *Kronos*!" sagte er. „Fliegt wohl ein bißchen langsam, unser guter Vogel."
Der Augenblick forderte sein Recht.
Die Ratmen hatten sich der Barrikade auf wenige Schritte genähert.
„Fertigmachen!"
Es erstaunte mich, wie ruhig und gleichgültig meine Stimme klang. Mein Verdienst war das nicht. Es war das Verdienst all jener unermüdlichen Lehrer und Meister, die mich in ihre harte Schule genommen hatten. Hinter mir stand in diesem Augenblick die ganze lange, stolze Tradition einer raumbefahrenen Generation.
„Alle fertig, Sir."
Auch Lieutenant Torrentes Stimme hörte sich kühl an. Eine der bordüblichen Routinemeldungen aus dem Kontrollstand der Maschine hätte nicht nüchterner klingen können.
Die Zottelmänner hatten nichts dazu gelernt – oder aber sie hatten Grund, die Barrikade weniger zu fürchten als das Pfeifen der Ratten. Sie wurden von uns mit einer wahren Wolke von Pfeilen empfangen.
Binnen kurzem war auch dieses zweite Gefecht entschieden. Die Barrikade hatte standgehalten, und der überlebende Rest der Ratmen befand sich in panischer Flucht – kaum mehr als ein Drittel der ursprünglichen Schar.
Ich vernahm Sergeant Carusos überschnappende Stimme. Das rothaarige Männchen hüpfte wie immer, wenn es sich aufregte, von einem Bein auf das andere. Dabei schwang es mit drohender Gebärde den Bogen.

Sergeant Caruso war ein schlichtes Gemüt – er glaubte, den Sieg schon in der Tasche zu haben. Es wollte ihm nicht in den Sinn, daß wir vom Sieg weiter entfernt waren denn je. Er begriff nicht, daß höchstens das Schauspiel zu Ende gegangen war.
Lieutenant Torrente stieß mich an.
„Sir, was zum Teufel hat das zu bedeuten?"
Unter den Ratten auf den Rängen war Tumult ausgebrochen. Mit zischendem Pfeifen hüpften sie wie toll auf und nieder. Die Ursache ihrer Verärgerung schien in der überlebenden Schar der Ratmen zu bestehen, zu der auch Melchior gehörte. Die Schar hatte das rettende Ufer der Arena erreicht, wohin ihr unsere Pfeile nicht folgen konnten – doch statt sich dort noch einmal zu sammeln und zu neuem Angriff zu formieren, tat sie etwas höchst Unerwartetes.
Melchior warf sich vor der Fettratte auf das Gesicht, und die übrigen Ratmen taten es ihm nach.
Der Tumult unter den Ratten nahm zu.
Die eben noch fein säuberlich voneinander geschiedenen Abteilungen gerieten durcheinander.
Das zischende Pfeifen schwoll an.
Das war mehr als nur ein Tumult. Es war auch mehr als vorübergehender Ärger. Unter den enttäuschten Ratten schien sich ein wahrer Aufstand anzubahnen.
Die Fettratte hatte sich bislang nicht gerührt. Dick, feist und träge hockte sie auf ihren Speckläufen – den Blick ihrer Knopfaugen starr auf die unter ihr in vollständiger Unterwürfigkeit ausgebreiteten Leiber gerichtet. Nun jedoch – selbst auf die große Entfernung hin deutlich zu erkennen – drehte sie sich plötzlich um, und ihr schwarzer glänzender Schwanz hob sich steil in die Höhe. Einen

Atemzug lang verharrte er in dieser Stellung – dann fiel er schlaff herab.
Es war das Zeichen.
Die aufgebrachten Ratten stürmten von den Rängen und fielen über die Ratmen her.
Eine Hand legte sich von hinten auf meine Schulter.
„Sir ..."
Ich drehte mich um.
Ich erblickte einen silbernen Raumanzug mit dem auf der Brust aufgedruckten neuen Embleme der VEGA, an das zu gewöhnen mir noch immer schwerfiel – eine goldene Sonne mit zwei sich darüber kreuzenden schwarzen Raumschiffen, Symbol einer neuen technischen Herausforderung –, und dann, als ich den Blick hob, Lieutenant Stroganows vertrautes Gesicht.
„Sir", sagte Lieutenant Stroganow, „die *Kronos* ist zur Stelle." Und nach einem kurzen Blick auf die Arena, mit plötzlich rauh werdender Stimme, fügte er hinzu: „Es sieht so aus, Sir, als hätten wir nicht viel später kommen dürfen."
Ich trat zurück. Von dem, was in der Arena vor sich ging, wollte ich nichts sehen und nichts hören. Der Anblick von Lieutenant Stroganow war so viel wert wie ein Schritt in eine andere Welt. Er war der Anblick des Gewohnten: der Anblick von Ordnung, Sicherheit und nüchterner Arbeit.
„So ist es, Lieutenant", erwiderte ich. „Viel später hätten Sie nicht kommen dürfen."
Der Navigator sah sich um – mit wachen, prüfenden, nüchternen Augen –, und mit einem Gefühl tiefer Dankbarkeit ließ ich es geschehen, daß er mir die Entscheidungen aus der Hand nahm.

„Hat es Verluste gegeben, Sir?“
„Kaum. Nur Jeremias hat einen Pfeil abbekommen.“
„Ist er transportfähig, Sir?“
„Wir werden eine Bahre benötigen.“
„Ich werde mich darum kümmern, Sir. Allerdings, Sir – es gibt da ein paar Schwierigkeiten.“
„Welcher Art?“
„Die Schleuse, Sir. Sie ist von Anno Dunnemals. Wir können weder koppeln noch eine Galerie anhängen. Captain Romen schlägt vor, Sir, die Leute einzeln durchzuschleusen – unter Benutzung der vorhandenen Anzüge.“
Die Frist, mich gehen lassen zu dürfen, war abgelaufen. Die andere Welt war noch nicht erreicht. Zwischen ihr und der blutigen Arena lag nach wie vor die Schleuse – und so, wie die Dinge lagen, würde das Durchschleusen der Pilger mehrere Stunden in Anspruch nehmen.
Die Rechnung war einfach, die Tatsache klar: Zum Aufatmen war es noch immer zu früh.
Die Ratten hatten ihr Schauspiel gehabt – und nun, da es für sie mit einer Enttäuschung geendet hatte, waren sie beschäftigt. Früher oder später jedoch würden die Fettratte und die Offiziere die Disziplin wiederhergestellt haben – und was danach unweigerlich geschehen mußte, war keine offene Frage mehr. Es galt, die fliehende Zeit zu nutzen, die uns von diesem Augenblick trennte.
Mein Blick ruhte auf den Pilgern – auf erschöpften, von den Schrecken der letzten Stunden gezeichneten Gesichtern. Im Vertrauen auf mein Wort waren sie mir gefolgt.
Ich sagte:
„Fangen wir an!“

16.

Anderthalb Stunden, nachdem Lieutenant Stroganow mit dem Durchschleusen der Pilger begonnen hatte, durfte ich mit Erleichterung feststellen, daß sich zumindest die Frauen und Kinder an Bord der *Kronos* befanden. Einen Zwischenfall hatte es gegeben, als Judith darauf beharrte, bei ihrem Mann zu bleiben, der zusammen mit Lieutenant Torrente, Sergeant Caruso und mir den Rückzug sicherte. Lieutenant Levy war es schließlich gelungen, sie zu überreden, ohne daß ich ein Machtwort einzulegen brauchte.

Schweren Herzens hatte ich mich entschlossen, mit dem Abtransport von Jeremias bis zur letzten Minute zu warten. Der Grund: Für die Bahre wurden zumindest zwei Träger benötigt – und da Captain Romen und Lieutenant Xuma an Bord der *Kronos* vollauf damit ausgelastet waren, die Pilger in Empfang zu nehmen, und Lieutenant Stroganow genug damit zu tun hatte, jeweils vier Pilger beim Anlegen der ungewohnten Raumanzüge behilflich zu sein, um sie sodann auf der langen, dunklen

Spirale von einem Schleusenluk zum anderen zu begleiten, fehlte es an Händen. Ein Ausweg wäre es gewesen, Lieutenant Levy und Sergeant Caruso damit zu beauftragen – doch das hätte bedeutet, die Verteidigung zu schwächen: eine Entscheidung, die ich kurz erwog und sofort verwarf.

Denn die Galgenfrist, die uns durch den Streit der Ratten mit den Ratmen beschieden worden war, lief offensichtlich ab.

In den Reihen der Ratten, die in der Arena ihre wilden Tänze aufführten, ertönten erste ordnende Pfiffe. Das Durcheinander begann sich zu glätten. Hier und da hatten sich bereits wieder die alten Abteilungen gebildet.

Die Fettratte zeigte deutliche Zeichen der Ungeduld: Ihr schwarzer, glänzender Schwanz peitschte die Bank.

Es war Mittag geworden. Die heiße, schwüle Luft war kaum noch zu atmen. Über der Arena lag eine stinkende Dunstglocke – Folge der Ausdünstung von unzähligen schwitzenden Rattenleibern. Die Sicht betrug nur noch wenige Meter.

Lieutenant Torrente, Leutenant Levy, Sergeant Caruso und ich legten die Raumanzüge an. Neben uns standen die vier letzten Pilger.

Ich begab mich hinüber zu Jeremias.

Der alte Mann war bei Bewußtsein; der Blick, mit dem er mich empfing, war klar.

Ich kniete neben ihm nieder.

„Jeremias“, sagte ich, „sobald Lieutenant Stroganow zurückkehrt, lasse ich Sie an Bord schaffen. Allerdings läßt es sich nicht vermeiden, daß ich Sie zu diesem Zweck in einen Raumanzug stecke.“

Jeremias blickte gelassen auf die Machete in meiner Hand. „Ich nehme an, Commander", sagte er, „Sie können mich in keinen Raumanzug stecken, ohne nicht vorher den Pfeil abzuschneiden."
Ich griff bereits nach dem gefiederten Schaft.
„Es wird leider ein wenig weh tun. Beißen Sie die Zähne zusammen."
Ich hoffte, als ich die Machete zum Schnitt ansetzte, behutsam wie ein erfahrener Operateur zu arbeiten. Trotzdem sah ich mit Bestürzung, daß, nachdem ich den störenden Pfeilschaft entfernt hatte, die Wunde wieder zu bluten begann.
Jeremias legte beschwichtigend seine Hand auf die meine.
„Machen Sie sich nichts daraus, Commander", sagte er. „Mir ist ohnehin nicht mehr zu helfen. Sie vergeuden nur Ihre Zeit."
Ich wußte, daß es die Wahrheit war. Jeremias' Gesicht war bereits vom Tode gezeichnet. Kaum anzunehmen, daß er den Transport überstand. Aber wir mußten das Äußerste versuchen. Ich sagte:
„Jeremias, zum erstenmal, seitdem ich Sie kenne, reden Sie dummes Zeug. Wir geben nicht auf. Sie bitte auch nicht."
Erleichtert nahm ich zur Kenntnis, daß Lieutenant Stroganow mit den Anzügen zurückgekehrt war. Ich mußte es ihm überlassen, die Arbeit, die ich eingeleitet hatte, zu Ende zu führen, denn Lieutenant Torrente rief mich zur Barrikade.
„Was gibt's, Lieutenant?"
Lieutenant Torrente deutete in den Nebel.
„Etwas tut sich da, Sir. Hören Sie nicht?"

Nun, da er mich darauf aufmerksam machte, vernahm ich es auch – und wieder hörte es sich an wie das Geräusch einer fernen Brandung. Diesmal jedoch wußte ich, welcher Art diese Brandung war. Die Ratten hatten sich in Bewegung gesetzt. Ihre Bataillone, Regimenter, Armeen waren auf dem Marsch.
Ich drehte mich um.
Die vier Pilger zwängten sich soeben mit unbeholfenen Bewegungen in die Raumanzüge; Lieutenant Stroganow war ihnen dabei behilflich.
Jeremias war nach wie vor unversorgt. Ihn – selbst mit vereinten Kräften – in einen Raumanzug zu zwängen, würde wenigstens zwei bis drei Minuten beanspruchen.
Ich dachte an den Graben, den Lieutenant Torrente am liebsten vor unserer Stellung ausgehoben hätte, und stürzte los. Die Flasche Alkohol stand noch immer dort, wo ich sie abgestellt hatte. Ich packte sie und rannte zur Barrikade zurück. Dort hatten meine Männer inzwischen die blanke Waffe zur Hand genommen.
„Sir!“ Lieutenant Levy kam auf mich zu. „Die Ratten! ... Wenn mich nicht alles täuscht ... sie greifen an.“
Ich stieß Lieutenant Levy beiseite, öffnete den Verschluß der Flasche und schickte mich an, ihren Inhalt über die Barrikade zu verteilen. Die Barrikade bestand aus Holz, und um sie in Brand zu stecken, war Alkohol ebenso gut und wirksam wie Benzin.
Die Flasche war leer. Ich hob sie über meine Schulter und schleuderte sie der unsichtbaren Rattenarmee entgegen. Ich hörte sie klirren – aber ich hörte auch das wütende Pfeifen, das sich daraufhin erhob, übertönt von einem besonders lauten, besonders schrillen, besonders gellenden Pfiff, der nur eins bedeuten konnte.

Ich fand mein Feuerzeug, ließ es aufschnappen und hielt die kleine Flamme an das getränkte Holz. Die Flamme lief in Windeseile die Barrikade entlang.
Eine heiße Lohe stach mir ins Gesicht.
Jenseits der Barrikade ertönte im Nebel ein vieltausendstimmiges wütendes Pfeifkonzert.
Noch einmal mochte es für uns einen Aufschub geben.
„Lieutenant Torrente, Levy, Sergeant Caruso – kümmern Sie sich um Jeremias!"
Das Holz der Barrikade hatte Feuer gefangen. Beißender Rauch trieb mir in die Augen und machte mich sekundenlang blind.
Ich suchte nach der Schleuse und verfehlte den Weg.
Als mein Blick klarer wurde, erkannte ich, daß die Schlacht verloren war.
Buchstäblich in letzter Sekunde war die Entscheidung gefallen. Womit ich nicht gerechnet hatte, war eingetreten. Der Feind hatte uns überlistet – mit dem ältesten militärischen Manöver der Welt. Von uns im Nebel unbemerkt, hatten die Armeen sich aufgeteilt. Der Angriff auf die Barrikade diente lediglich der Ablenkung. Die Hauptmacht war die Ränge entlanggezogen – und nun fiel sie über uns her.
Von der Ehrentribüne herab regnete es Ratten.
Und auch jetzt, da die Schlacht eröffnet war, ließen es die Ratten an taktischem Geschick nicht fehlen. Als ob sie begriffen hätten, daß wir, sobald wir die Schleuse betraten, für sie eine verlorene Beute waren, massierten sie ihre Hauptstreitmacht unmittelbar vor dem Luk.
Ich sah, wie Lieutenant Stroganow die vier Pilger in die Schleuse stieß und sich selbst dann davor aufstellte, um dort nach Leibeskräften die Angreifer abzuwehren.

Ich sah, wie die drei Männer, die ich zu Jeremias gewiesen hatte, den alten Mann losließen, um gleichfalls um sich zu treten und um sich zu schlagen.
Zwei, drei, vier ... ein Dutzend Ratten sprang mich an, fiel von oben über mich her.
Ein Stück Erinnerung ist mir für immer verlorengegangen.
Mein Erinnern setzt wieder ein mit einem Bild, das sich mir unauslöschlich einprägte.
Ich sah zwei Dinge auf einmal.
Ich sah die Fettratte.
Und ich sah Jeremias.
Der alte Mann war aufgesprungen.
Die Fettratte steckte zwischen seinen kräftigen Händen, die sie unnachgiebig umklammert hielten.
Ich begriff: Die Fettratte hatte es sich nicht nehmen lassen, den Triumph des Sieges an Ort und Stelle auszukosten. Und weil sie dem alten, verwundeten Mann keine Beachtung schenkte, hatte sie sich zu weit vorgewagt.
Die Fettratte pfiff. Man könnte auch sagen: sie schrie.
Die Fettratte schrie um Hilfe.
Jeremias setzte sich in Bewegung. Mit der Fettratte zwischen den Händen, die sich darin wie tollwütig wand und schrie, rannte er auf die brennende Barrikade zu. Dort angekommen, blieb er stehen und hob die Arme, so daß ein jeder sie sehen konnte: die Große Ratte.
Noch einmal vernahm ich Jeremias' Stimme:
„Commander ... grüßen Sie Judith ... und grüßen Sie die Erde!"
Der alte Mann hatte auf der PILGRIM 2000 ein volles Leben zugebracht. Und mochte er auch nichts wissen von dem atemberaubenden Fortschritt der Technik, den uns

das letzte Jahrhundert beschert hatte, nichts von den großen politischen und sozialen Umwälzungen, die das Antlitz der Erde verändert hatten, so wußte er doch eine ganze Menge – mehr als ich – über die Ratten, gegen die er sich von Kindesbeinen an hatte zur Wehr setzen müssen.
Und noch eins wußte der alte Mann: daß er nichts mehr zu verlieren hatte.
Für einen Augenblick hatte Jeremias uns Raum geschaffen. Die Ratten, die eben noch im Begriff gewesen waren, Lieutenant Torrente, Lieutenant Levy, Sergeant Caruso und mich von der Schleuse abzuschneiden, ließen von uns ab, fluteten um uns herum und eilten ihrem bedrohten Anführer zur Hilfe.
Die Fettratte schrie.
Jeremias' Arme sanken herab.
Die Fettratte fiel in die Flammen.
Jeremias schwankte.
Dann war das Heer heran.
Ich wandte mich ab, stieß Lieutenant Torrente, stieß Lieutenant Levy, stieß Sergeant Caruso in die Schleuse, zwängte mich selbst hinein und war dann Lieutenant Stroganow behilflich, den schweren Deckel zu schließen, der eine verwitterte Aufschrift trug: PILGRIM 2000.